隅田川　春うらら

高遠　邦彦

父八郎の霊に捧ぐ

もくじ

余寒独言……3
浮世のこと 一 早春・午……17
浮世のこと 二 早春・宵……31
浮世のこと 三 麦秋・立秋……45
浮世のこと 四 晩秋・初冬……79
参考文献……103
あとがき……106

一九は、うとうとしながら夢を見続けていた。

亡き妻お民の笑顔と面影が遠く去って行った。次には、また、あの、筆禍を追及する奉行所の役人が追ってくる。逃げよう、逃げようともがいているが、川の流れの中にいるようだ。どうにも足が動かない。追っ手は迫る。

夜中、自分の甲高いうめき声で目を覚ました。

幾つもの夢を見ては忘れ、また現れては遠のいて、浅い眠りが続く。現つとの境目が判然としない。


賑やかな鳥のさえずりが聞こえてきた。この鳴き声こそは本物よ、眼が覚めたのだ、と丹前を羽織って寝床を抜け出し、ふーっと深いため息をついた。

板戸を探って、がたがたっと開けると、小さな坪庭の辛夷（こぶし）の枝に乗っていた小雀達が、気配を感じて一斉に屋根の上に舞い上がった。搗（つ）いた米を何粒か撒くと、狭い庭の隅にまた降り立って、器用に啄（つい）ばんでいる。

一九は煙管をくわえて眺めている。近所からは、起きだした子供達や母親の気配、声が伝わってくる。

余寒独言

……ナアニサ、小雀達も子供達も元気なものよ。

今年は春が遅いと思ったが、季節は巡り巡って偽らない。向島の梅が咲いて、隅田川の水面の色が明るくなってくると、もうじっとしちゃあいられないのが江戸っ子。今日こそは、春到来のしるし、しばらくぶりに富岡八幡の祭礼に出向いてみるとしよう。

八幡の海神様と牛頭(ごず)天王のお力で運気を上げて、厄除け、家内安全、家運隆盛といきたいのが、本所、深川、江戸っ子の心意気っていうものだからさ。

書肆の村田屋治郎兵衛(むらたやじろべえ)には、昨日、ようやく書き終えた原稿を渡した。

今回という今回は筆が進まず、締め切りぎりぎりまでえらい難渋をした。板元は厳しく原稿を催促してくるが、面白可笑しい、弥次郎兵衛、北八の旅とは言え、時には心が曇ることもある。

何はともあれ、原稿を仕上げて、届けた。

この開放感が何とも言えない。


昔、この道中記を大手板元の蔦屋重三郎(つたやじゅうざぶろう)さんに持ち込んだときは、

「変わった趣向だが、おそらく読み手がないだろう。今のご時世、戯作の相場は下がりっぱなし。見極めが難しい。黄表紙並みに読者がつくとは思えない。一九さんには悪いが、商売にならない」

と扱いを渋って断られた。

確かに、当時は、何か書けば売れるという勢いある世の中ではなくなっていた。

黄表紙、洒落本禁止令の手入れで、戯作家も板元もすっかり委縮してしまっていた。

それでも、全盛時代の余韻はまだ残っていたが。

昔々は大御所の大田南畝（おおたなんぽ）や恋川春町（こいかわはるまち）、朋誠堂喜三二（ほうせいどうきさんじ）、山東京伝（さんとうきょうでん）たち、洒落本、黄表紙の大家が目白押しで、そりゃあもう賑やかだった。


『気のききたる化物は足をあらひて引つこむ自分、ひざくり毛の作者圖にのりて又しても弥次郎兵衛北八がしゃれもむだも洗濯頃此五篇追加にいたって、あしもとのあかるきうち、先今日は是までの筆をおくことにしくことなしと 漸（やうやく） 満尾（まんび）しこじつけたれど、御見物のしびれをきらせしところに附け込み、京へのぼるの一段を拾遺にかけよと、書肆のもとめに是非なくとは嘘の皮、やっぱり作者も欲の皮ひっぱりだこの手をくみて、ひと工夫せしあとの二冊は京大坂の穴さがしほじくりかへして御覧に入れんとしこたま趣向はとっておきの正月物、それははれ着此の一冊は不断櫻の伊勢道中、おはりかとおもへば拾遺のはじまここはざつといたしませうとあとをはらんで、そのためおことはりさやうと、例のなまけものがいふ』

「書物問屋が催促するので、とは嘘の皮、ワシもさらに欲がでて、今度は京大坂まで足を延ばす算段。読者の次の趣向はまだかいなアという期待の声にこたえて、先の旅が始まろうとしているヨ」

と書きしたためて、自序ともつかぬ附言としたのはもう九年前のこと。

こうして、年に二編、次から次へと二人の旅を描き続けて、早いもので十三年になる。この道中記が思いの外歓迎されて、刷り直し、刷り直しで、文久二年には改板本を出して、全国津々浦々の読者に稚気に満ちた笑いと、機智に富んだ「うがち」「洒落」をふりまいたサア、長々と綴りしが、絶えぬ声をいいことに旅がまたまた続いている。

伊勢参宮の追加編を書き終えたときは、さすがに肩の荷が下りた。後篇でいったん退いて一区切りつけようとも考えたが、板元からは、滑稽な旅の人気はまだまだ行けそうだと話を持ちかけられるのは有り難いこと。

「これからは、大和巡りから京大坂見物に上り、さらには続膝栗毛初編上下金毘羅参詣、二編上下宮嶋参詣を経て、木曾街道六十三次の帰路滑稽の旅を、作者の根の続く限り、智恵をはたいて道中記を楽しんでいただけるよう、私ども板元も精進し、出版準備をしております」

と、大坂書林の河内屋太助（かわちやたすけ）さんや西村源六（にしむらげんろく）さん、東都書林（とうとしょりん）の村田屋治郎兵衛さんらが口章、広告し宣伝してくれた。

江戸、大坂で同時出版。

流行戯作家冥利に尽きるというものだ。

若い頃、大坂で近松与七（ちかまつよしち）を名乗って、浄瑠璃の台本書きに手を染めたのがそもそものきっかけ、始まりで、それからかれこれ二十五年が経つ。

*

ワシの本名は重田貞一（しげたさだかつ）。

甲州武田の遺臣、千人同心の末裔だった親父がつけてくれた、好い名前だ。

軽輩は軽輩だが、親父はれっきとした武士だった。

ワシは子供の頃に江戸に出て、親父の跡を継いで町同心として小田切土佐守（おだぎりとさのかみ）佐助（さすけ）様に仕えた。

三十俵二人扶持よ。もっとも満額貰った例しはなかったが。

佐助様が出世して、天領支配の大坂町奉行所に転出されるのをきっかけに、ワシも付き従って京大坂へ上った。

初めての大坂は商いの町。町政も町人が動かしている。与力、同心の仕事は、町年寄、町名主達と十分意気を通じ合うことだ。それさえ怠らなければ、まずは物事うまくいく。町方の方が、それはもう才覚も働きぶりも、生き生きしていた。

それに比べて武士のお歴々の方々は、よっぽどそろばん勘定優先で、皆こせこせして、小ぶりになってしまっていた。

賄賂は日常茶飯だったが、誤りを糺す町奉行の上級役人その人が「無尽講」で懐を温めていたのには驚いた。

戦国武士の世、天下分け目の関が原の戦など、とうの昔のこと。廉恥、名誉を重んじる武士道など霞んでしまい、決まり切ったお役目を、ただただ日々こなしていくだけで、仕事といやあ与力の指示で市中巡回ばかり。帳簿付けがお役目だが、三日に一度、半日もあれば終わってしまう。

棒術や十手の稽古も役に立つことはまずない。

あの頃は、ワシも、四角四面の武家奉公がこれから一体いつまで続くのか、退屈、窮屈、貧乏生活で心が暗くなる毎日で、芸事に耽る、自分でも何をやっているのかわからない無気力な生活を送っていた。宮仕えは仕事半分で、浄瑠璃の台本書きの内職で食いつないできたが、どん詰まりサ。

そんなあの日、前から薄気味悪く思ってはいたが、宿直の晩、上司から自分の寝所へ来いと言われ、月も大分傾いた夜更け、上司から執拗で淫らな焔の愛撫を受けた。体の芯が痛むのに耐えたが、身の毛がよだち、無念の涙が溢れた。

思い悩んでいた頃だ。張りつめていた気持ちも急に萎えた。武士の誇りとは何だ。体面に何の意味がある。

一晩じゅう考え抜いた末「暇」を願い出た。

*

しばらくは、義太夫の師匠宅に寄食した。

そう長く世話になってもいられない。

大坂で材木商いの商家を継いでほしいという養子縁組の話に飛びついて、同心株を売り払って入り婿もしたが、商家向きではないと離縁された。

大坂に漂泊すること七年。武士の身分を捨てたが、特にこれといった芽もでない。この先どうしていこうか。

近松の浄瑠璃、西鶴の浮世草子は今や過去のものだ。草双紙、歌舞伎、文運は江戸に移っている。江戸に戻ろう。

あの、生き馬の目を抜く、囂々（ごうごう）たる活気渦巻く江戸に出て、戯作家として一旗揚げる。若き日の夢サ。

若気の至りとは言え、世の中を斜めに見て、戯れ事の主人公気取りで、戯作を地で行こうと意気込んでいた自分がいたことも、それもまた本当のことだ。

何のあてもなかったが、江戸に戻ることを決めて、兎に角まずは、地本問屋蔦屋重三郎さんの食客として住み込んで働かせてもらった。錦絵の明礬（みょうばん）染めの下ごしらえや黄表紙、滑稽本の板木づくり、挿画書き、何でもやって身過ぎ世過ぎをしてきた。山東京伝先生のもとにも寄食し、修業を積みながら、戯作家を目指した。

たいして売れもしない、喰っていけない。懲りもせず、また飛びついたのが長谷川町への入り婿の話だ。これも商いに熱意が無いのを理由に離縁された。そもそも他人が歳月かけて汗して築いた「暖簾」を相続人になって継ぎながら、戯作三昧という、その性根がさもしかった。

筆一本。あの頃は黄表紙、洒落本、滑稽本、人情本、合巻、それこそ寺子屋の往来物まで何でも書きまくった。内容、質を問うことなかれ品が無いのは百も承知よ。

濫作の日々、売れない日々。作家稼業で独立していけるのは、当時は、夢には見たが、とても実現する日が来るとは思ってもみなかった。

十返舎一九は気楽だね。退屈凌ぎに、弥次と北の、旅の恥はかき捨てとばかりに、あることないこと馬鹿げた失敗談を次々繰り出して、人の心をくすぐって、低級な笑いで読み手を満足させればそれでよいのだから、と他人は言う。人には言わせておけばいい。

あの戯作はワシの意地と苦しみが生みだしたものサ。懸命に模索して、駆け抜けてきた戯作の道だ。

だからと言ってひと様には勧められない。

「所詮は戯れ事じゃあねえか」とね。

貧乏武士も武士は武士だ。三十俵二人扶持とはいえ、「禄」も「督」も保障された、士農工商でいられる封建の世ではないか。

迷うに任せれば、どちらがよかったのか、いつまでたってもどこまでいってもわからないまま。

ワシはワシの生き方で通したまでだ。

*

夕んべも女房のお民の夢を見た。

一家で、いっしょに隅田川の堤で花見をしている。桜の木の下、お民が朝早くこさえた、手際のいい弁当の重箱を開くと、そこは春爛慢だ。ワシは、えらく満ち足りた気持ちで酒を飲んでいる。娘子たちは島田髷に結って、着飾って、下駄の鼻緒もかわいげに、それは楽しく花弁の吹雪を浴びている。皆ずいぶんと若くて、ふくよかな笑い顔でいる。

すると、頭巾を被った黒い大きなぬるぬるした生き物が水を滴らせながら影のようについてきた。お民、お民と、懸命に呼び掛けようとしたが、どうしても声がでない。お民は見る間に、急に髪の白い皺枯れた表情になって、風がごっと吹くと、紙屑みたいになってフーッといなくなってしまった。

お民にも少しは楽をさせてやりたかった。人さまがどう言おうが、気の付く、いい女だったと改めて思う。

若い頃は歯牙にも掛けなかった平凡な暮らし。

自分があれこれ追い求めてきたものの、一番の幸せはすぐ足もとにあったのだと教えられた。

*

六年前の冬のあの夜。

風邪をこじらせて寝込んでしまったお民は、しつこい咳がとまらねえ、額に手をあててみりゃ、これはひどい熱だ。

「寒気がする」と、ふらふらしながら、炊事は、洗濯は、と言って床から抜け出ようとする。

「お民、すぐに医者を呼ぶから待っていろ」

ワシは娘の舞に後を託して、地を這うように急ぎ、医師の阮庵(げんあん)の玄関を叩いた。

ほつれた髪を掻き撫でて出てきたのは、見知らぬ若い女だった。一九から用向きを聞くと、気だるげに、夫は昨日から大山講中の参詣で留守だ、と語った。

嘘だ。今日の八つ時、往診姿で米問屋の大店（おおだな）に入っていくのを見た。

夜中で、面倒か。貧乏戯作者の妻も命の重みは同じだろう。叫びたい気持ちを抑えにおさえたが、「もう、これ以上頼みません」という言葉が堰を切って出てしまった。

第一あの女は誰か。阮庵の女房はあのような女ではない。後で聞いた話では、医師阮庵の妻は代参講で、その日朝から、常盤津の女師匠らと賑やかに大山詣でに向かっていたという。御師の宿坊泊まりで帰りは江ノ島経由の旅行中だった。

二日して、胸を拗（こじ）らせ、お民は亡くなった。

何で娘とワシを残して先に逝くんだ。これから少しは楽をさせてやれるかと思っていた矢先だ。

医師阮庵は、二年前の梅雨時、腹痛と発熱でえらく苦しむ子供を抱えてきた大工の職人に向かって、診療費の未払いが嵩んでいる親の子供はこれ以上診られないと、門前払いしたそうだ。

その晩の大雨はワシも記憶にある。其処ら中あちこちで浸水していたが、付近の仙台堀（せんだいぼり）が増水し、芸子遊びの帰り道、阮庵は無理に念持橋（ねんじばし）を渡ろうとして橋げたを超えた急流に足を踏み外して流されて、河岸の杭に引っかかったまま動きがとれずに溺れ死んだ。誰も助けには出なかったという。

江戸っ子は祝儀、不祝儀の義理だけは欠かさねえとはいうが、それこそ町名主と向こう三軒両隣、妙心寺（みょうしんじ）での葬儀も寂しいものだった。

さて湯でも沸かして朝飯にしようか。桶二杯の井戸を汲んで、竈（かまど）に火をつくって、煮豆と大根、湯漬けに丸干しの残りで朝は十分だ。

向島の梅が咲いて、隅田川の水面の色が明るくなってくると、もうじっとしちゃあいられないもの。

今日は如月（きさらぎ）の朔（ついたち）。いよいよ春到来。待ちに待った富岡八幡宮の祭礼よ。八幡の海神様と牛頭天王のお力で運気を上げて、厄除け、家内安全、家運隆盛といきたいのが、本所、深川、江戸っ子の心意気っていうものだ……。

浮世のこと　一

早春・午

深川富岡八幡宮は、春の心を浮き立たせる。

老若男女がこざっぱりと着物の襟も新しく、いそいそとお参りに出向いた人達が集まり、門前は殷賑を極め、鳥居をくぐった参道はごった返して沸き返っている。

本所、深川、富岡、木場と言えば、江戸っ子の心映えを現わす新開地である。

明暦三年の振袖火事では、江戸城の天守閣が燃え落ちて、江戸の町も大部分が焼失した。その復興のために、将軍が命じて河岸掘削や浚渫(しゅんせつ)、塵芥で埋め立てて造成し、新しい町づくりをしたのが本所、深川である。燃えた旧市街から多くの町人が移り住み、寺社の移転もあった。何より、運河堀がいく筋も掘られ、絶えまなく高瀬舟が行き交い、接岸できる河岸も整備された江戸城下の港湾都市、物資流通の荷上の拠点として成長を遂げた。全国から、年貢米は勿論のこと、ありとあらゆる商品が集まり、河岸が威勢のいい賑わいを見せて、廻船主、荷売りや荷受け、荷上げ人足、市場の仲買、問屋商人など、溢れる活気と大きな銀が動いていた。


如月の一日は八幡宮の祭礼。

門前は景気のよい掛け声に沸き立って、祭り太鼓や笛も賑やかに、往く人も参詣帰りの人もそれぞれに満足そうな面立ちである。

菓子の立ち売り、八研掘の唐辛子売り、湯気の立つ二八蕎麦や焼き餅の屋台が香ばしい煙を上げている。煎り豆や一服一文の茶を売る棒天振りも人をかき分けながら、張りのある声で客を呼んでいる。

猿回しなど遊行の芸人、虚無僧や山伏、鷹匠もひといきれの中で、独特の存在感を見せている。

八幡神を祀った本殿前に据えられた大振りの賽銭箱までたどり着くと、少しでも寿福にあやかりたいと、家内安全、商売繁盛、防火、厄除けを願う人だかりができ、境内はたいへんな賑わいであった。

浮世の喧騒にまぎれながら、一九は先を急ぐでもなく、蕾の若芽が膨らんでいる境内の木立の枝ぶりや、澄み切った花売りや飴売りの商売人の声を楽しんでいた。

冷たい西風が頬を行き過ぎていくが、額に注ぐ陽ざしはぐっと春めいてきていた。下駄にかけた足袋の指先はついこの間までは冷たく悴(かじか)んでいたが、それも大分解けて、踏みしめる砂利道に力が入った。

「長い歳月をかけて何とかここまで来た」

若き日の迷い、苦悩、将来への閉塞感は、一九をして武士の身分を捨てる決断に至らせた。

それは、少禄とはいえ代々受け継がれてきた重田家の歴史を、そして自分を生み育ててくれた家族を、営々たる努力の全てを否定し、葬り去ることを意味する。

「自分にそんなことができるのか。大事なご先祖代々の歴史を消し去るなんて。同心株を銀に替え、武士の道を全うできなかった負け犬、それが自分ではないか。武士の身分を捨てた甲斐はあったのか。取り返しのつかない誤りではなかったか」

失敗に怯え、後悔の念に苛まれ、自分自身を疑ってかかっていた一九は、長い間過去を隠し、誰にも昔を語らず、市井に埋もれて、息を殺し、自らを韜晦（とうかい）し、戯作の笑いに紛らして生きてきたのである。

しかし、こうして、戯作本作家として名を成し、広範な読者層に支えられて、人気作家の地位を確立した今、この大きな江戸の町でも、筆一本で立ち、生計を十分賄えているのは、おそらく、滝沢馬琴（たきざわばきん）と、彼、十返舎一九の二人であろう。

何か自信めいたもの、手ごたえを感じるようになったのは、五十路を迎えたついこの頃のことだった。ようやく、「『戯作で独立する』約束は果たせた」と自らに言い聞かせていたのである。

余裕と自負心とを噛みしめながら、お参りを済ませて、着流しの重ねの綿入れに懐手をしながら足早に境内を抜け、仲見世の呼び込みも賑やかな門前の通りへ戻ると、突然、男の荒々しい大声が聞こえてきた。

＊

「払いをしていないとは、誰にいう言葉か。先程、銀弐分払ったではないか」

武士達は、紺の地に、丸に津の字が入った大きな暖簾をかき分けて、もう店を出ていた。

店の奥まった卓には酒の徳利が乱雑にころがっていた。肴の食べ残しや茶漬けの椀、箸も無造作に散らかっていた。

「いえ、戴いてはおりませぬ。お待ちください」

「先程渡しただろう。わしらが嘘を申しておるというのか」

「お武家さま。失礼ではございますが、お三名様でお酒、お食事を召し上がって、お代は銀弐分。戴きましたのは二文でございます」

「何を言う。ごまかしたというのか。無礼であろう。わしらは、金など十分持っている。宿の主人を呼べ」

宿屋『大津や』の主人吉次（きちじ）は、慌てて奥から出てきて、訳を聞くと、

「お武家さま。店の者が大変失礼を申し上げやした。お代は結構でございやす。どうぞ、お引き取りくだせいやし」

するど、昼間からの酒が回り、その酒も、弱いのであろう、一人の武士が身体の軸をふらつかせ、へどもどしながら、

「結構とは何事だ。わしらがごまかしをしたとは、無礼であろう。

うむ、無礼だ。宿屋の分際で。武士の沽券に関わる。叩き斬ってやる」と、息まくと、右手で刀を握り締め、左手を柄の口にやった。

他の二人も、後には引けないとばかりに、

「ようっ」と身構えた。

遠巻きに人だかりが大きくなり、鳶の職人や若者組、祭りの興奮に酔う訳も知らない者までが、列の前に陣取り、騒ぎを大きくしていた。宿屋の主人も女中も蒼くなって、身を固くした。

事の成行きを察知した一九は咄嗟に割って入り、

「失礼ですがお武家さま。今日は富岡八幡のお祭礼、本所、深川界隈、町の者も近在の者も、皆、この日を楽しみにしちょおります。通りがかりの者ではありんすが、氏子の一人。今日は、一っつ、

八幡の神様と牛頭天王のお祝いに免じて、どうぞお許しくださいませ。どうぞ、お願いいたしやす。この通りでございます」

と深々と頭を下げ、武士達の眼を見た。

どこの家中であろう。隅田川の左岸、深川一帯は江戸湾の景勝を好む大名の下屋敷や豪商の邸宅・別荘、また一角には岡場所として名の通った遊郭も在り、武士の出入りも頻繁である。

この武士は、柄を握る拳が震え、気の弱そうな様子からは、とても人を斬るほどの胆力は伺えない。

廉恥を知らない、堕落した武士達を、困惑と同情の思いで、気の毒にも思った一九であったが、急いで懐巻きから財布を取り出し、壱分銀二枚を右の掌に大きくひろげて差し出すと、左から右へかざすようにゆっくり回し、人垣をつくる多くの眼を集中させるやいなや、そーっと武士の一人に握らせた。

その瞬間、一九は武士の右手を半捻りして、肘を左手でさっと掴んだ。

武士は右手が痺れて利かないことに気付いた。群衆の眼が釘付けになる中、痛みのあまり握った銀子二枚を、ぽとりと地べたに落とした。刀を握るにも力が入らない。

一瞬何があったのか。この銀はどうなるか。

一九は、武士達の振る舞いをまたしても、試した。

袴だけは付けているが洗い張りも行きとどかない着流し同然の武士が、赤い顔をさらに赤くし、

「何だ。お前は。このようなものは、いらぬ」

と吐き出すように言い、始めから銀弐分など受け取るつもりはなかったかのように、体面を繕おうとした。

充血した眼には、一旦手に入った銀は手放せない、ひ弱な欲に屈服したずるい光が一瞬垣間見えた。恥を知らぬ情けない心根を見透かした一九は、すかさず助け舟を出してやり、身を屈めて二枚の壱分銀を拾い上げ、その武士の左袖に、そっと、もう一度、それを差し入れた。

「今日のところは、一っつ、せっかくの祭礼のお祝いです。私ども材木を商っているものには、年一度の海神様、森の神様のお祭りは繁栄祈願の一日です。氏子一同に免じまして、どうぞお受け取りくださいませ」

と、こんどは左手を掴んでたたみかけた。

三人の武士は、初めて見る一九の武術に恐れをなし、これ以上の争いは、平素の鍛錬不足をさらけ出すだけだと、咄嗟に観念した。

始めから金子、銀子を返す気もなかった武士三人は、功徳を施すといった威張った口調をつくり、

「よしわかった。今日のところは、間違いを許してやろう。今後は、二度とこのようなことがないように」

と急に改まり、銀弐分を懐にし、白昼の酒の赤ら顔に、自らの厚顔無恥をごまかしながら、一人は、関節を外され感覚が麻痺し、力が入らずだらりと下がった右手を庇いながら、最後は、足取りもあやしく逃げるように去って行った。

騒ぎの幕切れは鮮やかであった。

参詣の人々は、真実が何であるかをよく心得ていただけに、恥知らずの三人の武士を追い詰め、懲らしめたい悔しい気持ちでいたが、一九の咄嗟の見事な仕切りによって、無様な、情けない姿を露呈してしまった武士の姿を眼に焼き付けた。

一瞬のことであったが、ほーっと大きなため息をつき、固唾をのんで見守った舞台が、後味よく最後を迎えたことに十分満足していた。

「ありがとうございました。私は宿屋の主人吉次と申します。命拾いをいたしました。私どもも、

どうしたらよいか、一瞬途方に暮れているところでした。初めてのお客人でしたが、相手はお武家さま。まさかのことなど思ってもみないのでつい油断をしてしまいました」

店の主人は礼を言いながら、上目づかいに、一九の様子を窺った。

「海神様の祭礼は大事な繁栄祈願の行事。せっかくのお祝いが、こんなことで台無しになっては皆困ります。出すぎたまねをし、気分を悪くしたかもしれません。気になさらずに、これまでに」

一九は、主人吉次の表情から、えらい借りを作ってしまったという気持ちが読み取れた。一九で、何でまたお節介役を買ってでたのか。無意識に躰が動いてしまい若い頃夢中で鍛錬した武術の技が役にはたったものの、材木問屋の主人でも、氏子でもない自分の人の良さに苦笑いをする気持ちであった。

「どちらのお大尽様か存じ上げませぬが、私ども貧乏宿屋を営む身、どのような御礼ができるか。お恥ずかしい次第です。さあさどうぞ、狭い店ですが中に入ってお茶を召し上がっていってくださいまし」

おずおずと礼を言う宿屋の主人からは、ただでさえ銀弐分の損害を被ったうえ、御礼も差し出さねばならぬとなれば散々な目に合い、被る打撃は大きい。この場はもうこれでお仕舞いにしてもらいたいという表情が、禿げあがった額と短い寄せた眉にありありと表れていた。

——そうそうに立ち去ろう。親切の押し売りも却って迷惑な話だろう。咄嗟のことで、説明するほどのことでもない。それにしても、大津やには銀弐分は大きな痛手だ——

そう思った一九は、

「これから、町の衆の祝いの会合があるので。旦那さん、御新造さん、どうか気になさらずに。お茶だけ一服いただければありがたい」

と言いながら、最後を締めて立ち去ろうとすると、

「私は妻などではなく、ただの女中です。今日のことはありがとうございました。刀を持たないそなた様が、血を流さずに私ども卑賤な町人を救ってくださいました。どちらの殿方か存じませぬが、男らしい勇気と、りっぱな仁義のお気持ちを一生忘れませぬ」

と女は一言言って、帯の上に掛けた濃紺の前掛けを押さえるように両手を合わせ、ゆっくり深々と背筋を傾け礼を申し述べた。粗末な木綿の店着の襟から、白く美しい項（うなじ）が見て取れた。

宿の主人は、「訳あって、私の店に奉公しております。女中の初（はつ）です。家族ではございません」と面倒そうに付け加えた。

女は所望した茶を静かに運んできた。

激しく緊張した時を忘れさせる、馥郁とした香りである。一九はゆっくりと、熱めの茶を二度、三度に分けて飲みほした。

鶏群の一鶴。

一九は、この安宿には似つかわしくない、清楚な、立ち居振る舞いも上品な女を改めて見つめ、思いも依らぬ隠された場違いの美しさにたじろいで、臓腑をぐっと掴まれるような気がした。

女の艶やかな張りのある声にも驚きを覚え、どのような事情があるのか、その訳をその口から知りたいと思いながら、心が動揺している自分を見抜かれまいと、眼が合うのを避けて主人の方を向き直った。

「ご馳走様でした。お茶のお代はおいくらか」

「お客様皆様からは、二文を頂いております」

店の主人は意を決し、上目遣いで、絞り出すように呟いた。

すると女は、きっぱりとした口調で
「それは結構でございます。とてもあなた様からお代をいただくわけにはまいりません」

と口を挟んだ。

一九は懐の財布から銭二文、そして銀弐分を取り出し、床几の丸盆に置いた。

大津やの顔に戸惑いと安堵のない交ぜになった表情が浮かんだ。

「どちらのどなた様か、命と身代共にお救いいただき、お名前だけでも伺えればありがたいのですが。また、近いうちにどうぞゆっくりお立ち寄りくださいまし」

「ありがとうございます。名乗るほどのこともありません。御商売の繁盛を祈ります。それでは御免ください」

一九は、材木問屋でもなければ、八幡の氏子でもないわが身の、とっさの機転を、道中記の滑稽話でも読むように、気持ちの中で繰り返し味わった。

浮世のこと 二

早春・宵

向島は春の花が蕾を持ち始めていた。

娘の舞が身籠っていると一九が聞かされたのは、ひと月前のことだった。

嫁いで長く子宝に恵まれず、嫁ぎ先の『高田屋』に肩身の狭い思いをしていたが、ようやくのことで夫婦の証しができたと、親も子も喜んだのである。

娘舞には、もともと、ある大名の妾にならないかという話があった。幼い頃から習い事を続け、藤間流の踊りの師匠になっていたが、器量良しで、見染められて召し抱えたいという話が、人伝に一九に持ち込まれたことがあった。

一九は悩み、考えた末、理由を付けてこの話を断った。

――今の世、石高はそれほどでなくとも、大名の側室ともなれば先々の生活は安泰だ。気に入られれば、この先、大きな幸せが待っているかも知れない。

ただ、御正室や奥女中との間にありがちなごたごたに巻き込まれて苦労するなど、あの娘には向いていない。

お子が生まれるかどうかもわからない。殿様の気持ち変わりがあるかもしれない。

第一、武家の身分を捨てる決意をして、戯作の道を選んだワシの娘。朝に晩に、お大名に頭が上がらないのでは何のためにワシは心を固めたのか。

舞は妾などでなく、きちっと祝言を上げてやりたい――

波風立てずうまく断りはしたが、一九は持って行きようのない無念さを噛みしめていた。

舞の嫁ぎ先は日本橋本町の紙問屋である。間口九尺とはいえ、商売も堅く、後継ぎの婿は働き者で、奥に収蔵蔵、火除けの地下蔵を持つほどに家業は上向いていた。問屋仲間にも名を連ねて影響力を持ち、武士にも町人にも、学者、僧侶、子供にも必需品になった紙の卸、売買に熱中し、精力を傾けている。

まさに、『高田屋』の生きた商売、甲斐甲斐しく働く姿は、江戸っ子そのものであった。

*

長命寺の桜餅も、もうそろそろ出始める頃。

春酣(たけなわ)の楽しみの一つであったが、土産に買い求めたところで、食わせる家族もいない。

一九自身持て余す、寂寞感はいかんともし難い。春を予感し、花の蕾のかすかな香りを楽しむだけで、今はもうそれで十分だ。自分にそう言い聞かせていた。

夕暮れ時、六ツの鐘が聞こえてきた。

本石町の時の鐘はここまで伝わってくるか。

対岸の金龍山浅草寺の甍も薄昏に霞んで見える。

隅田川に浮かぶ屋形船の提灯の灯が水面に流れ、茶屋、船宿に行燈の灯が灯り、人々のかすかなざわめきと、土手の石垣を洗う流れの音だけが伝わってくる。


一九はいつもの茶屋、『住吉』に足を運んだ。

店先の屋号を墨書した行燈の和紙を通して、蝋燭の小さな灯が揺れているのが感じられる。

「ごめんやし」

一九は暖簾を分けて、袖、懐に掌を隠し、口を覆うようにして咳き込みながら、枯れてしまった声で客の到来を自ら告げた。

身体はいつの間にか、じんと冷え込んでいる。

黒縮緬の綿入羽織、丹後嶋の小袖、間着は渋茶の絹布小紋無垢の片袖違い、と好みの良い取り合わせで出かけて来たつもりだったが、川風にはもう一枚ほしかった。

すぐに、女将の松（まつ）が走り寄り
「ハエ。お客様どうぞ。旦那、宵の冷え込み、お疲れでらっしゃろ」

床几に腰を下ろし、草履と足袋から足を解放し、温めだが、ほどよい桶の湯に浸かるだけで、悴んだ踵、指先、そして気持ちが和らいでくる。

隅田川が欄干越しに望める茶屋の二階の『杜若』の二間は、向島を好む一九が時折訪れる宿である。

黒光りした廊下を繰り返し折れて階段を昇ってしばらく奥まで入ると、ここまでは酔客の声も届かない。角火鉢の炭火が熾（おこ）っていた。

「よう、きんしゃったろ。しばらくぶりでナア」

馴染みの町芸者、お吟（ぎん）が、次の間で両の手を揃えゆっくりと頭を下げた。行燈の薄明かりは、畳の縁と町芸者の白い繊細な指をほの暗く照らし出している。

変わらない色気が一九にはうれしかった。

次の間の戸襖（とぶすま）の陰に、もう一人、髪はたっぷりと結ってはいるが、まだ幼さを残している芸者姿があった。

「川風で身体がだいぶ冷え込んだワ。熱いお酒が何より。灘。辛口で頼みます」

女中が座敷奥の追加の行燈に火を入れ、早速に酒と肴の支度をした。

一九は酒の注文にはうるさかったが、黄表紙、洒落本の作家仲間が描く通人、半可通などとは違って、至って恬淡とした、作為のない、素朴な客であった。

当時、近在の村々や関東一円では、何にもよらず商品生産が盛んになっていたが、一九は、特に、この時期の新酒番船が江戸新川に運ぶ「灘酒」を好み、これだけは譲らない。

舌が痺れるほどに熱い燗酒を口に含んだとき、ほっとした思いが広がる。ゆっくり喉を通した時、身体が解きほぐされる。

『住吉』に通うようになって、もうかれこれ四年になる。年増の町芸者お吟は、客がつこうがつくまいが、私のもてなしはこう、といった風で、控えめであるのが嬉しかった。

「重田の旦那はん。お見知り置き願います。今度、うち等の店に奉公に参りました琴（こと）でございます。まだお稽古も始めてそんなにたっとらんので、お座敷に出たのは先の月からですが、筋もいいのでかわいがってあげてください」

「琴と申します。ふつつかではございますが、よろしゅうお願いいたします」

と額を深く下げた。畳についた手はふっくらと子供のようである。耳元をぽっと赤らめた琴は、初めての客に畏れを抱いていた。

お吟はすっと立ち、緋色に萌黄をあしらった小幅の帯を後ろ手に締め直し、その左手で小袖の裾をうまくさばくと、次の間から三味線をとり、端坐して小唄の調子をとった。


川端の屋形舟の櫓を漕ぐ音。ガッとかいては、軋む。その音も次第に闇に沈んでいく。

遠く、吾妻橋が架かる川面に揺れる対岸の灯を、見るともなく眺めている。

ゆったりと気持ちを楽にできた一九は、お吟の『一中節（いっちゅうぶし）』に陶然と身を委ねた。

お吟の親は、三味線一本、村から村へと渡り歩く遊行の旅芸人であった。小さな頃から慣れ親しみ、音曲が好きな娘を、京都の宮古路豊後掾（みやこじぶんごのじょう）の流れを汲む師匠に弟子入りさせて芸を磨かせたが、上方では、所属の座の興業が思うに任せず、女浄瑠璃が生きていく道は険しかった。

自らも都を離れ、流浪を重ねる芸人となって、今は江戸の町の座敷の芸で生活を繋いでいる。

口数が少ないのは、生来の質ではあったが、時として、大事な座敷では口が堅いのが安心されたからでもあった。

　一中節は、お吟の喉を介して、都の浄瑠璃の温雅で優麗な品格を再現してみせていた。

　しばらくの沈黙が流れた。


　促されたお琴は、お吟の浄瑠璃三味線に合わせて習いたての舞を浚（さら）いながらゆっくりと舞った。

それは、総州ささら踊りのようであった。風流踊。念仏を唱えて寺社境内や田の畔を群れをなして踊り、彼方に去っていく。

「南無阿弥陀佛」

　足袋が畳に擦れる音がますます静けさを感じさせた。まだまだぎこちない仕草だが、動きのある、情の籠った舞であった。

　お琴の酌を受け、一九は酒をゆっくりと口に含むと、「どこの生まれかノ」と尋ねた。

「下総の国、佐原の出でございます」

　琴は客にも慣れておらない様子で、どうした受け答えをしてよいものか分からないままに、か細い声を絞り出した。

「まだ年も若いが何で芸子になったのか」

「親を楽にするためでございます。弟は、伊勢町の味噌店に丁稚奉公しております」

聞くも野暮なことであった。

東北諸国諸藩の豊かな物産は、鹿島灘を越え、下総国銚子の港に停泊し、利根川を遡って佐原や小見川、栗橋を経由し、さらには印旛沼や検見川を迂回して、江戸川下りの廻船が行き来する大動脈によって江戸に運ばれた。

利根川流域には、諸国の米や穀類、豆類を加工し、江戸地廻りの酒、醤油、味噌、味醂など地場生産の産業も新たに興ってきていた。

廻船問屋、はしけ、人足、荷役の港湾労働が潤い、要衝の川沿いには男を相手とする旅籠、船宿、茶屋、岡場所が叢生している。

商品生産、商品取引、物資流通、金貸し、投機、博打などで大きな銀が動いていた。

関東一円では、浅間山の噴火、凶作、天明の飢饉による疲弊が続くなか、商品経済、銀が村の隅々にまで行き渡り、金融がじわじわと農村の土台を腐食し、地子や借金が払えず、潰れる小百姓が多く出ていた。中どころの堅実な農家経営も、一旦破綻すれば転落は早かった。

佐原もその村の一つであった。

お琴の親には、そうした利根川筋の人買いからそれ相応の銀が渡っていたのである。農家の出とはいえ、近在の寺子屋の女師匠に仮名の読み書きや、裁縫、稽古事を習いに通わせてもらっていた琴であった。利発で、往来物などよく勉強し、理詰めの勘定などもできる娘だった。親は、少しでも構えのある奉公先、嫁入り先を期待していたのである。


一九は、その後父母に会うことはできたのかと尋ねると、

「家を出てから、まだ一度も会ってはおりませぬ」

俯いた琴の眼から一滴の涙が落ちた。

男の客をもてなす商売の本質は、まだ幼さが残っている琴にも十分解っている。

零落したわが身を嘆く前に、

「お前には苦労かけるが。琴、済まね」

と莚に額を擦りつけて声を忍んで詫びる父母の姿が思い起こされたからである。

お吟は、「仕方のない殿方よの」と、一九の多弁を一言たしなめ、角火鉢にかけた熱い燗酒をゆっくりと杯に注いだ。

お吟は、琴が店に来た事情はそれとなく伝え聞いていたが、自分の若い時を追想し、せめても、

舞には芸をしっかり身につけさせてやることが、自分にできる精一杯のことと堅く気持ちを固めていた。

一九は、深い澱みからふと息を戻すと、改めて若い芸子へのそこつを詫びた。

大分酔いが回った勢いで、一九はふと立ちあがると、誰にともなく呟き、摺り足で舞い、ゆっくり語り始めた。

「親が子を思う気持ちは誰とて同じ。

子も親と別れて、初めて親の有り難さが解ろうというものか。

昔々、人買いに京の都から連れ去られた子を追って、はるばる隅田川まで尋ねてきた母親がいた。

それはそれは昔のことじゃ。

『これは都北白河に、年経て住める女なるが、思はざるほかに一人子を、人商人に誘はれて、行くへを聞けば逢坂の、関の東の国遠き、東とかやに下りぬと、聞くより心乱れつつ、そなたとばかり思い子の、跡を尋ねて迷ふなり。』

人買いにさらわれた子を探し求めて、母親一人都を離れ、狂いつつ、ついにこの隅田川の渡しまで迷いついた。

『名にし負はば、いざ言問はん　都鳥
わが思ふ人は、ありやなしやと』

連れ去られた子を思うあまり、ついに狂女となって隅田川の辺までたどり着いた母親は、在原業平の妻を忍んだ歌を高らかに吟じる。

渡し守は、尋ねられるままに語る。

『まさに去年のこの日、三月十五日、人買いの商人に連れられた、都北白河の十二三の男の子が旅の疲れで動けなくなり、商人は打ち捨ててさらに陸奥に旅立っていった。』

『父には先立たれ、母一人子一人で暮らしていましたが、今はこれまで。せめても都の人がこの地を旅して歩くこの道の辺に墓標として柳を植えて埋葬してほしい。』

と念仏を唱えついに子供は息絶えた、とな。

これを聞いた母御は泣き伏し、南無阿弥陀仏を合唱するうちに、塚の内から我が子の念仏が聞こえてくる。

『南無阿弥陀佛。南無阿弥陀佛。』

そして、声の内から子の幻が現れ、母御は子の面影を追うが、夜が明けてみると、そこには子供の亡霊の姿は跡かたも無く、墓標の柳が一本立っているだけで、茫茫と雑草が生える野原が広がっているばかりだったとノ」

一九は、若くして悲運な死を遂げた能楽師、世阿弥の長男十郎元雅の『隅田川』がことさら好きだった。上手くもない、自己流の謡を演じては古の芸の尊さを思うのであった。

しかし、今日のところは、謡『隅田川』はかえってこのうら若い芸者を果無い気持ちにしてしまったのではないか、とまたしても後悔した。

――茶屋の芸者に身元を問い質したところでどうなるものか。芸子の琴はまだ若いが、気持ちの優しい、いい娘子だ。育ちも、言葉遣いも決して悪くない。

第一、人の気持ちを深く察することができる思い遣りの心と利発さを持っている。どこかいい商家の養女の口などないものか――

一九は自らの非力を嘆く思いで頭をめぐらし、狂歌連の顔を思い浮かべていた。少禄の武士、文人、学者はだめだ。働きのいい、堅実な商売に身を粉にしている仲間を宙に描き、物色していた。

――茶屋へ来て、座敷に出たての芸者の行く末を案じてどうするのか。人の面倒見にも程があろうというものヨ――


自ら苦笑する思いであったが、一九の腹はもう決まっていたのである。

一九はすっかり一人でいい機嫌になり、杯を傾けて盆に戻すと、お吟の膝に、己の節くれ立った右手を置いて、力を入れた。年増ではあるが、小紋の小袖に包んだお吟の膝は、はち切れんばかりにぱんっと張っている。

二人の交情が目に入ったお琴は、はっと耳元を赤らめ、気付かぬふりをしようと思わず火鉢の火をついだ。

お吟はピクリともせず、三味線の撥(ばち)を弾き、変わらない調子で、今度は『新内節(しんないぶし)』の喉を響かせ、色里の男女の切々とした仮初めの愛を、哀愁悲痛の感を籠めて唄う。

陽もとっぷり暮れ、行燈の灯が、襖の墨絵や障子の桟にゆらめいているだけである。

浮世のこと 三

麦秋・立秋

「重田の旦那。ようこそ。お待ちしておりました。たいへんお忙しい中、時間を作っていただき恐縮に存じます」


約束した室町の干鰯問屋『坂元』前の商番屋の木戸で、一九は声を掛けられた。

浮世絵師、歌川国貞(くにさだ)であった。

「長らく御無沙汰を致してしまいましたが、お元気なご様子何よりです。先月吉日、向島の茶屋『住吉』の若い芸子お琴さんを菜種油問屋『尾張屋』の養女に迎えさせたこと、狂歌連でも評判になっていると聞きました。さすがに一九さんが整えた見事な段取り、情理の適った好い縁組だともっぱらの噂です。ご挨拶は改めて。立ち話も何です。さあさ、私どもにご案内します」

国貞は耳が早い。

若葉薫る卯月の日の午後、一九が後見人、お吟が母代わりを務めて、主だった町衆が座敷に居並ぶなか、大店『尾張屋』の奥座敷で縁組の儀式が執り行われ、厳粛な席を無事済ませた。

加賀友禅の羽二重、同じ白無垢の大振りな頭巾の奥のお琴の小さな顔が桜色に上気している。お吟は静かに控え、お琴の襟元、裾捌きの手伝いなど、手慣れた仕草で何くれとなく気づかいを示し、頼りがいのある母親役である。

身代のしっかりした商家への縁組を希望していた旧知の間柄、一九が口を利き、まだ幼さの残るお琴の気だての良さ、賢く勤勉な人柄を見抜いた当主の、『尾張屋』の将来を託した英断であった。此の度の粋な計らいに、町の衆も改めて一九を見直し、心から『尾張屋』の前途を祝ったのである。

国貞の事情通は見事に健在である。

通りは、初夏の午後の陽ざしを受けて汗ばむほどのひといきれ、河岸の魚市場からは潮の香りも漂ってくる。振り売り、立ち売り、城下へと戻ってきた武士、鳶、職人、三味線の稽古に向かう女連れなどが行き交う雑踏。その中を、国貞は先に立ち、時に、界隈の商人に絵師特有の剃り上げた頭を下げながら、仕事場を兼ねた居宅へと急いだ。

「三日前急遽ご案内した通り、ご多用の中お願いしたのは、今日は、飽田(あくた)藩佐高(さたか)様のご家中のお侍様と江戸町年寄の平野屋様が、お役目の合間をぬって私どものところまでわざわざお越しになるのです。お忍びですがね」

「何で私にも声がかかったのか。その場で所払いになるのが分かっていて伺うのも変な話で、失礼にあたるのではないかと気懸かりにも思ったのですが」
「いえいえ、御心配には及びません。佐高様のご家来も平野屋様も、重田さんのご同席はたってのご希望でして。この度は、江戸の町を代表するような話題豊富な方、町方衆とお話がしたいという一点張りです。杉田玄白先生にもお声を掛けてほしいとの話でしたが、生憎とお身体の具合があまりよろしくない。高弟の大槻玄沢様が参ります。立合茶屋も気が利いていていいのではないかと思ったのですが、先方様が拙宅がよいとのご希望でして。何分にも内輪のお話を気兼ねなくしたいとのお気持ちです」

一九は身分の異なる武家と、それも外様とはいえ、名門飽田藩佐高家の高級経済官僚と同席することなど、できれば肩のこる席は御免蒙りたいと思った。第一、話の持っていきようによっては、詰まらないことで奉行所に勘ぐられ、与力から呼び出しを受けて、罰を喰うことさえもありうることと躊躇した。

しかし、こうも思っていた。

――先走った皮算用など考えても仕方がないが、話が弾んで、藩の認可のもと、東北飽田城下の書肆とも道中記の板元契約が近い将来結べるならば、十返舎社中の活動範囲、販路は東北の御城下まで一段と広がる。

しかし、考えてみると、東北飽田の人情や風習などはワシも知らないことばかりだ。

つい先年亡くなった戯作の鬼才平賀源内は、しばらく飽田に渡って藩の仕事もしたそうだ。近年の天明の飢饉以来、東北の農村はたいへんな惨状と聞いている。銀、銅が豊かに産出する藩だというし、経営は安定している方ではないのか。こちらとしても、見聞を広める意味では、またとない機会ではある。

町年寄の平野屋吉兵衛(きちべえ)が手はずを整えたというからには、何か訳がありそうだ――

一九は頭を回らしながら、俯きかげんに先を急いだ。

国貞の仕事場を兼ねた居宅は、室町の木戸番屋から南に一丁ばかり、日本橋を渡って、往来の賑やかな界隈である。

橋の袂の高札を右手に見ながら、表通りに面した木綿問屋「西川」の脇を入って左へ折れると、黒板塀から生垣がのぞく、粋な佇まいの民家があった。

屋号「歌川」の木札が軒下に架かり、黒い小さな引き戸の左脇には見事な牡丹が午後の陽を浴びて輝いている。雪駄履きの貞一は、半間の口から身を屈めて中へもぐり込んだ。

「重田の旦那がお越しです。奥へご案内してください」

「どうぞお構いなく。仕事もこれからが仕上げという刻に伺いご迷惑をお掛けします」

三和土(たたき)から式台のある畳張り三畳ばかりの玄関を上がると、正面の黒光りした仕切り棚に尚武の鎧人形が鎮座している。重陽の節句の武者飾りであった。

廊下伝い左に小さな庭がよく掃き清められていた。植え込みは早いものは鮮やかな新緑、燕子花(かきつばた)の紫紺が鋭く伸びた葉によく映えている。庭石の周囲に柔らかくうねる苔の緑も水気を含んで新しかった。

普段は彫り師や摺り師が何人も働く工房は、通りに面した、間口二間の表店から入った土間の奥であったので、客人は目に触れないのである。

国貞は浮世絵師としての腕に評判が高かっただけでなく、板元として、神田昌平橋手前の須田町に書物問屋も開業している。全国に商圏を開拓して販路を持つなど、家政もきちんと賄い、相応の財も築いていた。

堅固、始末を旨とする江戸町人の一典型である。

黒い塗り壁、瓦屋根の防火への備えの重厚さ、好みの良い造りの町屋であったが、建具や天井、畳の縁、箪笥や火鉢に至るまで、粋を凝らした設えで、国貞の数寄者の美意識が行き届いている。

幾度か訪れたが、そのたびに心地よい緊張を覚える住まいぶりであった。

今日はまた、大振りな紫陽花の枝が書院の床に差し込んである。初夏の訪れを、身体一杯に受け止めようとした心映えが見事であった。

奥の座敷には、これから見える飽田藩上屋敷に勝手掛として派遣された榎木十郎左衛門信元(のぶもと)の席、その斜向かいに町年寄の平野屋吉兵衛と向かい合う形で玄沢と一九の席がすでに用意されている。

ほどなく、大槻玄沢の訪問があった。

半時ほどして、榎木十郎左衛門と平野屋吉兵衛の訪問が告げられた。すでに国貞とは型どおりの挨拶を済ませ、奥座敷に姿を見せた。

信元はまだ三十後半であろうか。月代(さかやき)も青々とした若々しい立ち姿であった。茶が運ばれた。

「ようこそおいでくださいました。何のおもてなしもできない、江戸町人の町屋でございますが、本日はまたとない機会でもございます。榎木様、平野屋様、ひとつ、ごゆるりとなさってくださいまし。これといったお話の材料の用意もできてはおりませぬが、喜怒哀楽は世の常、私どもも虚心胆壊、お話を伺わせていただければと思っております」

国貞は、勿論、単なる世間話や趣味道楽だけのために、この日、この刻、こうした町屋に、わざわざ藩重役を案内し町年寄の平野屋が出向いてくるはずはないと思っていた。それ相応の理由もあろうかと思われた。

信元は、懐中の手拭を取り出し、汗を押さえながら挨拶をした

「飽田藩主佐高直和家臣、勝手掛目付榎木十郎左衛門信元と申します。本日は、ただでさえお忙しい中、平野屋さん、国貞さんにお願いをして、今日の江戸の町を代表する方たちと席を設けて四方山話を伺いたいと思い立ち、急な話で失礼なこととは承知しながらも、御都合も顧みずお集まりをいただいた次第です……。先月の二十一日に久保田の居城を発しまして、三日前に、藩の江戸屋敷に入り、昨日と本日にかけて江戸城中挨拶回りをしてきました。思いの外時間がかかり、お待たせをし、失礼つかまつりました。何分にも藩財政切り詰めで、伴のもの四人引き連れての急ぎ旅。今回は、少しでも駄賃を稼ぐために、下総船橋からは乗り合いの小舟で行徳へ、さらに小舟に乗り換

えて葛西から木場へと、江戸湾と掘割に沿って舟運で巡ってきました。早いし、実に便利でした。小名木川伝い櫓を漕ぐ船頭の舟唄付きで河岸の活気、深川、本所の風光を楽しんで、隅田川に合流して初めて、一気に視界が開けました。渡しから眺める堤の青葉も見事です。さらに神田川が注ぐ柳橋の船宿、料理茶屋などの醸す雰囲気は独特で、諸国には無いのではないかと思います。さすがに江戸だと感じ入りました。徒歩で浅草橋を渡り、夕刻、まずは馬喰町に宿をとり、旅の汗を流しました」

「三十年来、蘭学一筋に務めております。大槻玄沢でございます。代々、東北伊達の分家一関藩で医師を業としておりました。一関藩は東北諸藩に先駆けて初めて人体解剖を行いました。また、和算が盛んな土地柄で、実学を志向する人材が豊かです。父は、藩医を仰せつかっておりましたが、私も十三歳にして医学を学び始め、その後、杉田玄白先生のもとで蘭学を学びました。長崎遊学の後仙台藩に蘭方医として召し抱えられ江戸詰になり、今日に至っております」

玄沢は、先年、芝に、日本で初めての蘭学塾を開いて門弟の教育にあたり、橋本宗吉（そうきち）、稲村三伯（さんぱく）、宇田川玄真（げんしん）など錚々たる蘭学者を輩出していた。四年前の文化十一年からは、蛮書和解御用掛として幕府天文方への出仕を命ぜられ、蘭書の翻訳事業等にもあたっていた。

五十も半ばを迎えた玄沢であったが、がっしりと骨ばった面立ちは幾星霜を経た探求者の相貌である。武士への取り立てなど関心も無い様子である。すでに底翳を患ってはいたが、その眼差しは炯炯として深く、真理を追い求めて止まない熱を自ずと感じさせる。

「重田貞一でございやす。十返舎一九の名で、戯作などを書き連ねて身過ぎ世過ぎをしております。永年ご覧の通りの職人芸を貫いている次第です。寛政六年、三十の歳に、大坂から書肆を頼って江戸に戻ってまいりやした。同じ年五月に絵師『東洲斎写楽』が役者の大首絵二十八枚を一挙に出して当たりをとり、百四十ほどを描き上げて十カ月で消えました。後に、謎の浮世絵師写楽は十返舎一九だったのではないか、と江戸の町で噂する人がいる。否定も、肯定もしませんでした。戯作も、絵師も、名が通って、売れるまでいけるかが勝負です。何にせよ、話題にしていただけるのは有り難い。国貞さんもその頃写楽候補の一人でした。以来、長いお付き合いをさせていただいておりま す。ワシは一介の戯作本作者。施政や統治のことは下世話な町方の眼で噂話にはしますが、責任の無い身軽さ。ここは楽しく、貴賤上下を別に、お見知りおきを願います」

一九は、改めて、この座が意外や面白いものになるのではないかとの期待を持った。

次の間には、信元の従兄筋にあたる陪臣が一人、平野屋の手代一人が控えており、紹介があった。

平野屋吉兵衛は、旅の疲れを労いながら、

「お陰さまで、飽田藩佐高様とのお付き合いも、私ども代々、百三十年に及びます。榎木様が御到着になられたと伺いまして、早速お屋敷に御挨拶に上がりました。季節ものの相模の海で獲れた初鰹を献上しましたところ、たいへん喜んでいただけました。その折に、江戸っ子の初物喰いへのこだわりに話が広がって、それでは、今、江戸の町で一番の評判の方たちから、生きのいいお話を是非とも伺おうということになりました」

と今回の席の経緯を話した。

平野屋の祖は、近江の人平野惣兵衛(そうべえ)である。大津近在の農家に生まれたが、大坂に出て、元手七両で商売を始め、身代を築いた商人であった。

その後、商号平野屋は、問屋商人として、江戸への廻船の積荷を保全して流通を独占する二十四組問屋仲間の一角に食い込むまでに勢いを得た。さらに、蔵元、掛屋を兼帯して、年貢米の換金業務等を通じて諸藩の財政に隠然たる勢力を持つに至った。

祈願の江戸店を開いて幕府城下への進出を果たしたのは元禄年間である。以後、大坂のみならず、全国諸州諸藩を視野に入れた流通業、金融業を展開し、幕藩経済に影響力を持つ有力商人となった。

「あの日、日本橋の魚河岸で水揚げされた十三本の初鰹のうちの一本に、とある料理茶屋が金八両の値を付け、競りは大いに盛り上がって江戸の町の人たちを唸らせました。金一両は米一石。いくら江戸っ子の心意気とはいえ、私どもにはとても真似できることではございません。天秤のかけひきと帳面見とが商人の稼業。佐高様から頂く廻米の換金の手数料率は年一分二厘。こうした小さな数字を緻密に重ねていくのが、永年生き延びてきた商人の、心しての日常でございます。才覚、分別、堅固、正直と申します。町人の致富分限と没落は紙一重でございます」

暖簾の永続、発展を子に託し楽隠居できるほど、商いは甘くはない。

状貌、白髪痩躯。六十を過ぎた吉兵衛の顔は穏やかではあるが、深い皺が刻まれ、小柄な体も、朝早くから夜遅くまで身を粉にして立ち働き、日々酷使に耐えてきた厳しさを語っている。

生きている間は油断ならず役を勤めなければ家の持続、渡世は困難とは、代々の遺言のみならず、自ら身を削って生きてきた町人としての実感であった。

町年寄は苗字帯刀を許される士分取り立ての特権商人である。しかし、江戸の町の人たちは吉兵衛が刀を佩（は）いた姿を見たことはなかった。

どの客にも隔てなく腰を低くし、相手の利益もまた、守り抜く。

こうした有力町人としての手堅さと気概こそが、信用の源泉であり、斯くなくば退場するほかはないという実例を吉兵衛はいやというほど見てきたのである。

平野屋そのものは、主人、家族、住込みの奉公人、皆揃って板場で朝、昼、夜ともに、一緒に食事をする。湯漬けと無駄のでない菜、安い魚介、漬物などで夕餉（ゆうげ）を済ますのは平野屋だけではない、有力商家と呼ばれる町人のどこにでも見られる堅実な風景であった。

飽田藩大名屋敷に献上した初鰹は、実は、吉兵衛自身が、平野屋の名を伏せて密かに仲買を通して金七両二分で競り落とさせたものだった。

銀をどう生かすか。銀が銀を生む世の中であることは、吉兵衛にとっては動かしようのない命題であった。

吉兵衛が披露した江戸っ子の一片の話題は、この場を一気に盛り上げ、心を一つのものにした。

しばらくの間、老中交代後も続く引き締めや救民対策、江戸の町の戻ってきた賑わいや他藩の噂、高名な方々の消息、また、猥言を交えた話題に花が咲き、健やかな笑い声が響いた。

信元も平素の緊張を解き、すっかり打ち解け、束の間寛いだ時を過ごした。

席は酒に替わり、江戸前の仕出し料理で杯を重ねた。

西の方角には、先程まで、初夏の乾いた日差しの名残を惜しむかのような薄紅の雲が重なっていたが、それもつい今しがた、闇に変わった。

するると、目もとから首筋にかけてほんのり色づいた信元の口から、思わぬ言葉がついて出た。

「第八代直敦（なおあつ）様御長男、第九代藩主直和様は英明の誉れ高く、藩政にとことん打ち込んでいらっしゃるが、どうにも藩財政が好転しない。藩主御自身、公用私用を問わず衣類は木綿着用で通しています。直和公御自身が一日の食事を百三十文と定め、台所役人に命じて夕餉の食卓は一汁二菜を守り、三十二人からいた奥女中も六人にまで減らしてしまった。城中、城下、灯が消えたようだが、私どももやらないわけにはいかない。先代以来幕府の改革に倣ってありとあらゆる策を講じてきたつもりだが、それでも勝手向きが好転しないのです。先代直敦公は藩主時代に改革を渋る老中を三十名以上更迭させたが、直和公御自身も、改革を断行するためには、いよいよ、藩の政治向きの役職の機構にも手を付けざるを得ないと考えるに至った。表立っては口にしないものの、家臣団全体が浮き足立っている。古来の臣従を誇る家柄の家老、年寄など重臣の中には、代々継承してきた立場を怪しくする改革をよく思わない者もおり、誰もが疑心暗鬼に陥っている。私も、この情勢下、何故江戸詰になったのか。藩主から側近たちを、私を、遠避けようとしているのではないか、思い当たることがないでもない。藩内のゴタゴタに頭を悩ます毎日です」

酔いが気持ちよく回ってきたが、側衆、用人として厚い信認を受け、藩主に仕える信元の心中は、そのことで一杯なのであろう。愚痴とも、弱音ともつかぬ、苦渋の呻きが口をついて出た。

一九は、「やはり、藩財政の困窮が本音のところか。聞き役になるのは一向に構わないが、……しかし、わざわざ席を設けて江戸の町人からも智恵を借りたいとは。勿論、腹の中全てを曝け出すわけでもあるまいが、相談相手、話し相手もいなくなったということか。

改革は人を孤立させる。たいへんなことだ」

一九は、おそらくは万策尽きた藩の重臣としての責任ある立場を気の毒に思うとともに、また、長年百姓から取り立ててきた年貢徴収の土台の上に成り立っている封建の世の武士の在り方そのものへの懐疑を打ち消せないでいた。

ではどうしたら良いのか。一九もその先がわからない。

――生き延びてきた町人には町人の、今を生きる智恵、才覚というものがある。町人自身が財を持ち、町の文化を創る存在にまでなったが、それは、常に、幕政、藩政に左右されて、いつ何時、取締り、闕所、没収の憂き目に合わぬとも限らぬ不安定なものだ――

と胸中複雑な思いであった。

「飽田は江戸からは僻遠の地、わからないことばかりですが、江戸の町方は、佐高様はさすがに裕福な藩と噂しております。十年前の『丙寅(へいいん)の大火』では、多くのお大名の江戸屋敷が罹災した。佐高様は他藩に先駆けていち早く再建をやってのけ、江戸の町では評判になりました。幕府の手伝いの普請や松前(まつまえ)の北辺防備に加勢の軍勢を出し、男鹿(おが)の大地震も同じ頃と聞きました。農村には年貢減免策を講じながら、復興資金も惜しみなく注いで佐高様は全力で百姓村の再建にあたった、と江戸では語られております。二十万五千石とは名ばかりで、内高は倍、実高はさらにその倍だという噂もあります。

他人の懐具合は誰にもわかりません。ただ、銀山、銅山の直轄は、土から米だけじゃなく、なにせ銀を生んでいるから、恵まれたお大尽だと噂する町の衆もおりました」

国貞は、江戸の町方衆の移ろいやすい好み、流行などを巧みに作品に表現し、大量印刷、販売する経営感覚に長けていた。それだけに、町の衆の視線に鋭敏であった。

確かに院内（いんない）銀山からの運上銀や産金、産銀の強制買い上げは他藩にはない、藩の有力な財源であった。だからこそ藩は山師請負から直山（じきやま）にもしたが、却って幕府が目を付けるところとなって、一時は院内を上知する話が持ち上がった。藩家老、藩年寄は、慌てて幕閣上層部に相当額の裏金を使って運動し、何とか火を消し止めた経緯もあったのである。

しかし、幕府としては、直轄領長崎での唐人、オランダ人との貿易決済の支払い手段としていた『長崎御用銅』を担う、飽田藩産の銅が何としても必要であった。

阿仁（あに）銀山に至っては、山小屋千軒、下町千軒、鉱山町として人口一万を誇る繁栄ぶりであった。人々は鉱山一帯を千枚平と称えた。運上銀千枚を藩に上納していたからである。

「阿仁からは五年前、銀から金も抽出されたとも聞いております……。佐高様が久保田のお城に入って二百年。百年かけて育てた杉の山林は、日本国六十余州の三大美林に数えられ、他藩には真似ができません。飽田藩は米代川、雄物川の舟運開発にも早くから乗り出して、土崎（つちざき）、能代（のしろ）の良港を整備して、原木などの廻漕に実を結んできている。鉱山は一時の宝、山林事業は永遠の国づくりかと拝察します。先年、本草学など薬草や物産開発に結び付く研究で知られた平賀源内殿が飽田藩に招かれ、現地で指導にあたったとも聞いております……。私は、今後は、欧州の大国であるオロシアやエゲレスが極東への進出を強めて、貿易を求めてくる流れがますます強まるであろうと考えています。貿易、海防問題が一層大きな課題として圧し掛かり、幕府も諸藩も相当の犠牲を払って取り組まざるを得なくなってくると思います。日本全国六十余州、内には産業を興し、唐(から)、阿蘭陀以外の国々とも交易を盛んにして国家を経略していく。徳川幕府の祖法である鎖国政策を転換して開国せざるをえない日がくるのもそう遠くないのではないかと気に掛かります」

玄沢は、噛み締めるように、現状、そしてすぐそこまで来ている未来の危機について私見を語った。

じっと聞いていた吉兵衛は、飽田藩の財政の内情に詳しいだけに、遠大な、的を射た玄沢の感想を継いだ。

「私ども長い間飽田藩佐高様に商売をさせていただいている町人でございます。藩が栄えれば私どもも利を得ることができる。窮状を呈するようなことがあれば、大きな痛手、場合によっては、家業破産の憂き目に遭う。こうした絆で運を共にして参りました。二百年もの間飽田の地で藩政を担ってこられた佐高様と私どもは持ちつ持たれつの友過（ともがら）、お役に立つことができれば、私どもも有り難いと思っております……。現在、藩も、すすんで、桑、楮（こうぞ）、藍、漆、菜種、紅花、綿、煙草などの栽培を助成しておられます。また、高い技術を要し、売値も高い、養蚕、織物、製紙、醸造、陶器、漆器産業を保護、育成しております。こうした換金作物や特産品が商人の手に渡り、全国市場に出回ることで、飽田の藩財政も農民も潤ってまいります」

　西国の村々では米を作付しない百姓が出てきている。綿を作って売り、その銀で米を買って、年貢を納める経営が広がって、奉公人まで雇って富農になっている例がそれほど珍しくなくなっていた。

「藍や菜種、紅花などを藩の専売品にして、利を上げている藩も出てきております。飽田藩は『田地手入れの余勢を以て』という方針でおられますが、『土地相応の産物』生産に切り替えていくことも肝要かと存じます」

ただ、商品作物生産が盛んになり、大坂、江戸の伝統を誇る問屋仲間商人を経由しない『素人直売買勝手次第』がこれ以上広がっていけば、幕府、藩のお墨付きで特権的に商権を独占できる米中心の経済秩序は崩れ、平野屋自身の立場が怪しくなることも遠望できた。

吉兵衛は、開国貿易よりも、足元を次第に追い上げてくる在村の新興商人の存在に大きな危機感を持っていた。

一九は、信元の受け答えを静かに聞きながらじっと考えていた。

南部など東北諸藩では、百姓に飢渇による餓死、疫病死が大量に出ている状況下でも年貢の減免ができず、領民の不安、不満が高まって一揆や逃散、強訴、越訴などが大規模に起こされて村方は絶望の危機に瀕している。

藩士は代々受け継いで保障されているからと「禄」と「督」を今まで同様受け取っていていいのか、という封建の世への解けぬ疑問である。

「もし、改革によって問題を解決するのなら、一番変わるべきは武士ではないか。それも、藩全体が一致結束して取り組まないと、うまくいかないのではないかと思う」

「こうした大事な時期にさしかかって、藩の中が割れて、ごたごたが起こることがしばしばだ。これが何より一番怖いことです」

信元の不安の核心であった。

宵の口も過ぎ、番所の木戸門が閉められ、通りのざわめき、人の気配も一段落した。

火消し組の拍子木の音が遠く響いている。

「火の用心、」

信元は改めて礼を述べた。

江戸の看板ともいえる町衆が、こぞって飽田を称え、心底心配してくれている気持ちが伝わってきたことがうれしかった。しかし、心は晴れない。

帰り際、平野屋吉兵衛から、お口に合うかどうか荷物になるがお持ち帰りください、と手土産が用意されていた。手代が早速に次の間から包みを差し出した。

今川橋袂の『桔梗屋』の羊羹。一九の好物であった。

提灯を借りて塀の外に出ると、月の光が煌々と夜の静けさを照らし出している。犬の遠吠えが聞こえる。

「どれもこれも難しいことばかりだが。飽田藩佐高様家臣榎木十郎左衛門信元殿。うまく藩政を切り回していってほしいものよ」

錠前を開け、暗い土間から座敷に上がり、行燈の芯に火をつけた。菜種油の香ばしい匂い。炎の影が大きくゆれている。

早速に土産をお民の仏壇に供え手を合わせようとしたところ、底にゴッゴツ当るものがある。包みを一旦解いてみると、小判三両が、一枚ずつ、小口の強杉原(ごうすいばら)の良紙に包んである。

一九は、改めて、江戸町年寄、平野屋吉兵衛の豪胆さと心遣いの繊細さを思った。

＊

一九が信濃国の善光寺詣から江戸に戻ったのは、立秋をだいぶ過ぎた頃だった。

さすがに江戸の暑さも峠を越して、朝晩の集(すだ)く虫の音と縁側から入る涼しい風は秋の到来を感じさせた。

夕方が僅かずつ短くなっていった。

真夏の暑さを避けての信州への旅は、湯治を兼ねた十返舎社中の慰安の旅であり、地方の夏祭りや風物を訪ねる取材の旅でもあった。一九と二人の若い、まだ戯作修業駆け出しの、男三人旅は、しばらくぶりに、町の制約や取り締まりを離れ、それこそ憂き世から解放されて、一時の自由を満喫したのである。

『東海道中膝栗毛』が爆発的に人気を得たのは、まさにこの気分を楽しみたいという民衆の願望の反映でもあった。

「寺社参り」は、庶民が旅に出るにあたって携帯を義務付けられていた『通行手形』のお墨付きを手にする、格好の理由づけであった。本来、身分や職分、居住地を勝手に変えてはならない、縛りのきつい封建の世ではあったが、当時の身分保証人である家主や町名主、奉行所の役人も、庶民の信仰心には融通を利かせたのである。

何もこの暑さに向かう時節に旅をしなくてもと心配する人もいたが、仕事の切れ目、秋に書き継いでいく道中記の仕込みでもあり、また、真夏の版木彫りは作業の能率が落ちて、量が行かない。どうせならば、と旅に出たのである。

早朝からすでに強い日差しが眩しいほどに照りつけている。五街道の起点日本橋を七つ立ち。北西本郷、追分を通って、まずは板橋宿を目指す。

盆、後ろの薮入りで村に帰郷する奉公人も多く、江戸は人気が引いて村は賑やかになる。旅籠も、人足も安いのが助かる。

武州を北上して上野国に入ると、朝晩が涼しくなった。

中山道も、本庄、倉賀野、高崎を抜けて安中、松井田にかかると、さすがに山が濃くなってくる。横川、坂元からはきつい山道、碓井峠をようやくのことで登りきると軽井沢宿である。

噴煙をたなびかせる雄大な浅間山の麓では、数年前の大噴火の溶岩、降灰、土石流でいくつもの村が消えていた。客を待つ旅籠の女中、飯盛り女の呼び込みが、四方から威勢よく聞こえてくる。夜は、肌寒いほどに冷えた。

追分、小田井で中山道に別れを告げ、北西の方角、善光寺路に入った。途中、上田真田の城下から、塩田平を突っ切り、『北向観音』に詣でた。観音堂は北の善光寺に向かって建てられ、片参りを解消する厄除け観音として名高い。門前には古く『枕草子』にも描かれた別所の温泉が湧き出しており、旅の疲れを癒すことができた。

戸倉からは、まず聖山を目指した。

昔語りの姨捨の棚田の枚数を数え、千曲川、千曲平の見事な眺望を楽しんだ。信州の土地の酒が旨い。茶碗酒の喉越しを味わい、長い夕方をゆっくりと待つ。大きな月が出てきた。多くの文人がその風光を愛でた、『田毎の月』。翌朝は、いよいよ善光寺である。

帰路は一旦飯山に抜ける道を北に向かい、人足の案内で、湯田中、志賀の湯を楽しみ、山道を抜けて草津温泉に長逗留した。とんぼが飛び交い薄が穂を伸ばしていた。

湯気で汗を流し、湯を身体にかけるのが江戸の風呂屋だから、弥次、北には五右衛門風呂の入り方がわからない。『膝栗毛』に描いて大笑いをとったが、江戸っ子はたっぷりの湯に浸かる風呂など武家の屋敷にでも行かない限りは入れない。こちらは小屋掛けの温泉で、豊富な湯が滾々と湧き出していて、杉や檜の香が漂う、湯が溢れ出ている大きな湯船にとっぷり浸かれるのである。周囲の山の緑がまた良い。一日に何度でも湯に入る。そして、酒。蕎麦。堪えられない。

高崎宿では、予て約束した、越後国魚沼郡塩沢村の人と一晩語り明かした。越後縮を扱う在郷の問屋商人、鈴木牧之であった。

その頃、各地に生まれていた在郷商人の中には、漢籍や国学、俳諧などを楽しみ、自ら俳壇を主宰するなど、地方文人としての地位を築く人たちが叢生していた。牧之もその一人であった。

十年前から構想し、「日本第一の大雪なる越後の雪を記したる書なし。ゆえに吾が不学をも忘れて越雪の奇状奇蹟を記して後来に示し」たいという決意を秘めて書きためてきた原稿を、将来書籍として刊行するにはどうしたらよいかという相談であった。

江戸を代表する人気作家一九は、旅籠の二階で酒を酌み交わしながら一晩語り合い、「一筋に身上身持ちを先進第一」に心がけ、あくまで「余力学文」に徹した堅実な生活者としてあることが大事であると自分の考えを述べながら、四十五歳を越えて、なお、地誌刊行に執念を持ち、豊かな観察眼、叙事詩人の表現力に恵まれた地方文人を励ました。

その出会いの日から数えて二十二年後、大坂心斎橋通馬喰町河内屋茂兵衛、江戸小伝馬町丁字屋平兵衛から刊行されたのが『北越雪譜』であった。

真っ黒に日焼けし江戸に戻った一九らは、町名主、社中、書肆、近所へ、無事を報告し、挨拶がてらお札や土産を持参した。どこでも夏の信州の豊かな自然、旬の食べ物や温泉、爆発した浅間山や麓の軽井沢宿、善光寺詣の話題に花が咲いた。

＊

江戸へ戻ったその数日後、浮世絵師歌川国貞が一九の町屋を訪ねてきた。丑の刻、昼餉を終わり、一服しながら、水菓子、白湯を楽しんでいたところであった。

「急な訪問で不躾とは思いましたが、急ぎの話があり伺いました」という。

飽田藩主佐高直和公が病死し、家臣榎木十郎左衛門信元が切腹して果てたという驚くべき訃報、知らせであった。

「何、」と言ったきり、一九は声が出なかった。

知らせは平野屋吉兵衛から齎されたという。

藩の江戸上屋敷に呼び出しがあり、お国、久保田のお城でのことで、その事実だけが知らされたというのである。

葬儀は飽田の菩提寺本獄寺で営まれ、吉兵衛は急遽、後継ぎ長男の伝之助と手代を旅に出させ、弔問に向かわせたとのことであった。

町年寄吉兵衛は、ここだけの話と断ったうえで、つぎのような不審なことが伝わってきていると言った。

平野屋は蔵元として、大坂船場の飽田藩蔵屋敷に回漕される年貢米の換金業務を長く任されている。その大坂店からの継飛脚で齎された別の知らせでは、藩内が割れており、家臣団の動揺、混乱が激しいことを報告してきたという。中には、藩主直和公は毒殺されたといった噂が語られているというのである。

「一九様、玄沢様へも内々お伝えいただきたい。何かまた分かれば追ってお知らせします」

とのことであった。一九は黙ったきり、ただ茫然とするばかりであった。

さらにひと月ほどして、国貞を通じて平野屋吉兵衛から改めて齎された話に、一九は暗然とした。

そして、「しまった」という、悔む気持ちが一気に胸に広がった。

*

飽田藩の藩政改革は佐高直和公の死によって、未完のままに終わった。その直接の原因は、藩士上層、特に門閥を誇る老臣層の改革への激しい抵抗にあった。

若き藩主の改革の意図は、財政引き締め、銅山方（どうざんかた）、木山方（きやまかた）、産物方（さんぶつかた）の振興策に止まらなかった。

長い間少数の重臣の専権に任され、守旧化した藩政全体を刷新することに向けられた。それは、藩主の意のままに動く中下士層で側近を固め、若い人材の登用を図って藩政の枢機に置くことと、それまで実権を握っていた三人の家老及び年寄達を隠居、家督相続させるなどして、藩主である直和の、思うがままに「仁政」を実現して、危機の進行を食い止めようというものであった。

実際、知行(ちぎょう)四六借り上げの取りやめ、惣百姓五分年貢減免、藩制における階層の再編、成績主義の導入、老臣の恣意を許さない諸政の成文化などを立て続けにすすめ、従来の慣例に攻勢をかけた。

しかし、やがて、老臣達の熾烈な反攻が始まった。

元旦年賀に際して、三人の家老は、三人共に病気と称して登城しなかった。翌日はさらに年寄も含め老臣達は出仕を拒否した。

理由は、小納戸(こなんど)市川鞆之介(とものすけ)、小姓榎木十郎左衛門ら成り上がりの側近たちが藩政を歪め、出仕する気がしないというものであった。市川は言いがかりをつける老臣達は御為にならないので咎めが必要と藩主を諌めたが、直和は首を縦に振らなかった。老臣等の出仕無しでは藩政は動かないことが見透かされていたのである。

もはやこれまでと、市川は二の丸御殿の片隅で遺書をしたため、切腹しようとするところを「城中ひとり勝手に腹を切って何をするか。殿の歓心を買うなどいい加減にせよ」と押さえられた。これをきっかけに、直和に本来の忠を説いて、市川、榎木ら「君側の奸」を排除するよう切言するものも出て、対立が表面化し、収拾が難しくなっていった。窮した直和は守旧派の意向を受け入れて、ついに市川に永の暇を与えてしまった。

春には、藩主への働きかけで江戸詰の年寄達も飽田に戻った。老臣側の結束が強化され、巻き返しの策謀が本格化していった。形勢不利と見てとった側近の寝返りもあった。

用人榎木十郎左衛門元信は江戸上屋敷勝手掛目付の肩書を与えられ、江戸詰に左遷されたのが真相であった。

側近を失って、藩中から全く孤立した直和の改革は挫折した。

絶望の淵に立った直和は、別人のように享楽と頽廃の生活にわれとわが身を沈淪させていった。幼いころから、周囲が病気になることを恐れたほど儒学の研鑽に励んだ直和の面影はない。その分転落もまた早かったのである。

あれほど自らに厳しく、また倹約家の直和であったが、昼日中の遊女との戯れ、浪費、執務放棄が日常となった。

心をいためたのは生母、祥心院（しょうしんいん）であった。しばしばの意見にも耳を貸さない息子直和に対し、もはやこれまでと意を決し、箴言をしたため自害した。

しかし不行跡はやまない。祥心院の法事を尻目に、遊女を七百両で身請けし、家老達が証文に連印する事態となった。

いよいよ、悲劇の最後の幕が上がった。

或る日、明け六つ、伴揃えして御殿を出ようとした直和を、三人の年寄と数人の家臣が取り囲み、大小を取り上げ、座敷牢に閉じ込めた。

藩首脳は、幕府に対し、直和公が発狂したと届けを出し、裏工作に奔走し、老中を抱き込み、養子相続の手続きにまんまと成功した。直和の隠居、直信（なおのぶ）の家督相続が正式に決定したのである。

長い時間と労力をかけて仕組まれた、直和の熱意を骨抜きにする老臣達の画策は、ついに実を結んだのである。囚人に突き落とされた直和の悲痛な叫びは、どこにも届きようがない。

騒ぎは江戸詰の榎木信元にも聞こえてきた。江戸屋敷家老宗田伴之助（そうだとものすけ）へ願い出て、勝手向きの急ぎの報告と称して飽田に戻った信元は、老臣らに藩主養子相続について、一体どのような経緯事情があったのか、真実を伺いたいと登城した。

老臣らは「何を今更」ととりあわず、勝手向きの急ぎの報告と聞いているが、どのような内容なのかを申せ、と開きなおった。

信元が「報告はこれでござる」と刀に手を掛けたところ、周囲を固めた家臣たちに取り押さえられた。

城中での乱心、刃傷、私闘は禁令である。

元信は切腹を命じられた。

併せて、これまでの藩財政への多大な貢献等により、知行削減のうえ長男朝之介（あさのすけ）への家督相続は許すとの裁断が下った。

老臣らも、城内に蟠（わだかま）る藩士らの不信感に配慮せざるを得なかったのである。

幽居の中、憂悶の末、直和は三十歳で短い生涯を終えた。

直和公の喪が明け、家老重野徳左衛門宅に預かりの身になっていた元信の切腹の儀が執行された。

浄土宗本覚寺（ほんかくじ）への出立の朝、信元の妻ゑい（えい）は、

「この度仰せつけられた切腹は、殿を思う心、男子の誉れ。誰よりも見事、腹を切ってくだされ。朝之介は私が立派に育てます」

と気丈にも言い放ち、嗚咽した。

麻裃の礼服の上衣を帯元まで下げ脱ぎ、腰の辺りまで露わし、仰向けに倒れることのないよう、型のごとく注意深く両袖を膝の下に敷き入れた。

「晴れて、殿のお側に仕えることができる。吾の誠と仁愛は、我がここ腹に存す。今これを見よ」

前の小刀を確かと取り上げ、やがて左の腹を深く刺して徐かに右に引き廻し、また元に返して少しく切り上げた。その間無言。そして、小刀を腹から引き抜き、前に屈んで首を差し伸べた。

介錯はやおら立ち上がり、一瞬大刀を空に揮り上げた。

＊

一九は座敷の真中で国貞と向かい合い、終始、握り締めた拳を膝に当て、俯いたまま聞いていた。とめどなく涙が流れた。

――人の心には鬼も仏も棲んでいる。それは自分が一番よくわかっている。

聞けば聞く程、領民の命を預かるりっぱなお武家様らがなさることじゃあねえ。

藩政の改革で地獄を見る思いとはこのこと、何か別の道はなかったのか。飽田の百姓、城下の町の衆たちはこの家中の騒動を知ったらどれだけ嘆くか。

藩主に命を捧げるのは武士の本望、ただ、榎木十郎左衛門元信殿はりっぱなお方じゃが、まともすぎる。執念く命を永らえて未完の革命を成し遂げてほしかった。

残された奥様、お子たちはどんな思いでいるか――

江戸の町の大方は裏店の棟割に住む日傭取、皆貧しいが、肩を寄せ合って助け合いながら精一杯生きている。

遠い雷鳴とともに降り出した夕立はいよいよ本降りになった。雨は路地に落ちて激しく撥ね、軒下の溝に溜まって溢れている。

しばらくは歇みそうにない。

浮世のこと 四

晩秋・初冬

十郎左衛門元信の遺骸は密葬により荼毘にふされた。

頭部と胴を切断し、罪業、悪霊が宿った生身を二つに切り分けて二度と甦ることができないようにする制裁は、相当に古い時代から受け継がれてきた習俗である。

それでも、先祖代々の墓所への埋葬が許されたのは、藩は榎木家に対し、切腹の名誉だけは認めざるを得なかったからである。

『清元院久雲信照居士』元信は戒名を得て仏となった。

妻ゑゐは、彼岸花もとうに終わり、今は萩の花が見事な菩提寺『浄土宗烏月山慈源寺』の夫の墓に参る。

小振りの元信の石塔は、表に「南無阿弥陀佛」と刻され、飽田佐高家菩提寺『天台宗北叡山荘厳院本嶽寺』の前藩主直和の墓に向けて据えられている。


一度は飽田城下の書肆とも手を組み、江戸の戯作文化の流行を東北諸藩にも広げてみたいと思いついた一九であるが、その後、出羽国飽田で熟し実を結んだ文芸を江戸や上方で紹介することを思い立ち、行動に移していた。

江戸の村田屋治郎兵衛と京師の書肆賀茂川伝造を仲介し、飽田書林今宮敬一郎との出版契約を取り次いだ。

東北地方飽田の旅と民俗・伝承を探る仕事に生涯のほとんどを捧げている特異な国学者の記録『雪の出羽路雄勝郡』や日記、地誌編纂の成果を、京と江戸で刊行する話がまず具体化した。もともとは三河国に生まれた菅江真澄（すがえますみ）という最果てを旅する人の手になる労作であった。

元信との出会いと死を無駄にはしたくない。しかし、一介の戯作本作者の自分に一体何ができるのか。笑いか。諧謔か。忸怩たる思いに胸を抉（えぐ）られた一九の、せめてもの一歩であった。

＊

江戸の秋が深まった。

筆で掃いたような雲が天空に何本も浮かんでいる。

次の仕事の段取りを整えて一区切りつけた一九は、久方ぶりに江戸湾の眺望を楽しもうと、愛宕（あたご）山（やま）まで遠出した。

愛宕山はもう目の前だ。

単独、小高い丘を成している。江戸の城下で最も標高が高い。城北の飛鳥山は桜の名所として知られるが、こちらは何と言っても見晴らしが良いので、品川の海が手に取るように眺められる景勝地として知られている。

山の裾まで来て、その勢いで、急勾配の階段を休みやすみ振り返りながら上り切って、まずは愛宕神社を参詣し、火伏せの神様を拝んで池や庭の風光を楽しんだ。

山の上はそれほど広くはないが、桜ももみじも紅葉して、多くの客で賑わっている。女達も着飾り、小袖の裾を絡げて勇ましく石段を上がってくる。

東を振り返ると、鮮やかに晴れた大きな空の下に遠く江戸の海が広がっている。将軍の浜の離宮も海にせりだし、森が浮かんでいるかのようだ。漁師舟、廻船がこんなにも多いのかと改めて感心するほど、帆を掛け、櫓を漕ぎ、まるで動かない屏風絵のように静まり返って見える。

ひと呼吸入れ、茶店で茶碗酒をゆっくり愉しんでいたところ、ふと女中の一人に見覚えのある顔を見た。

「あっ、あれは」

一九は心臓が高まり、喉が詰まるような緊張に襲われ、息を飲んだ。

あの日、富岡八幡宮の祭礼の日、門前で出会った宿屋の女中、お初ではないか。

その後は、忙しさに紛れ、思い出すきっかけもない日々ではあったが、何かの折に、ふと、涼やかな目もとと、美しい面立ちのお初の、すらりとしたまぶしい姿に憧れる時があったのである。

一九は、一瞬心を決め、思い切って声をかけた。

「失礼だが、お初様ではないか」

振り返ったお初は、ふと、誰かと疑ったが、はっと目を見開き、白い首筋から頬を紅潮させた。

「まさかこうした所でお会いできるとは思わなかった」

一九は、咄嗟の事であったが、このような素直な気持ちが口をついて出たことに自分でも驚いた。

気になっていたが、あれから何月も経ってしまっている。今更、自分から『大津や』を再び訪ね、お初に逢いに行くきっかけ、勇気は持ち合わせていなかったのである。

次の言葉を探しあぐねていた一九であったが、

「何の偶然か。どうされているかと気になっていた」

お初がどう答えようとも忖度しないと心を強くして、心底の正直な気持ちを伝えた。

すると、お初は、凛として、

「はい、私も」

とだけ一言答え、一九をじっと見つめた。

あれから数カ月が経つ。二人はその後の消息を二言三言、言葉を交わした。

この機会を逃せば、お初とはまた別れわかれになってしまうだろう。

せめても、一晩ゆっくり話がしたい。

こう願った一九は、

「今日は、新橋、烏森の宿屋『叶屋』に宿をとっている。ひとりだ。急な頼みだが、店を閉じて、もし来れるようであれば立ち寄ってはもらえまいか。ゆっくり話がしたい」

ほんの一こまの出会いには終わらせたくない。ぎりぎりの、必死の思いである。

「実は、ワシは深川木場の材木問屋のお大尽でも何でもない。重田貞一。ただの、お笑いの草双紙を書いて世を過ごしている、戯作家だ」

と気迫のこもった口調で身の上を明らかにし、誠の気持ちの一端さえ伝えられればそれでいいのだと自分に言い聞かせた。

＊

『叶屋』は、江戸前の魚介料理で知られ、辛口の酒も旨い。狂歌連でも以前に何度か世話になった宿である。店の脇の大きな若い柳の木が名物で、目印にもなっている。枝が、秋の夕べの風に吹かれてゆっくり大きくなびいている。

――多分、お初さんは来ないだろう。急な願いで、無理に決まっている。だいたい、いくら富岡の海神様で一回出会ったからといって、今日、突然話をしようったって、そりゃあ不躾な誘いだ。無理に決まっている。そうだ、来ないのがあたりまえだ――

珍しく、くよくよと考え込んでいた一九は、女中が差しだした茶も喉を通らない。ぶつぶつと独り言を呟き、その時に備えて、悪い方に考えておけば、気持ちの落ち込みも違うとでもいうように。座敷の柱に寄りかかったままひとりぽつねんと空(くう)を見つめている。

――そうさ、急な頼みで、来れる訳がない。自分だったらまず来ないだろうと思う。それが当たり前というものだ――

あれでも無い、これでも無いと、まるで、少年のような、初(うぶ)な切ない気持ちで待ち焦がれている。

半時ほどして、女中が「お連れ様がお見えです」と座敷の入り口で告げた。

お初であった。

一九は、期待は禁物、と自分に言い聞かせていたが、ほんの僅かの希望は捨てきれなかっただけに、嬉しさで、天にも昇る思いであった。

ことさら渋面をつくろうとしたが、無駄であった。

食事はまだこれからだというので、お初の膳も取り急ぎ用意してもらった。


酒無しの夕餉は寂しい。第一、夫婦でもなく、斜に差し向かい、喰い物だけで高足膳をともにするなど恥ずかしいではないか。一九特有の、都合のいい理屈ではあったが、二人はすぐに打ち解けることができた。

伊豆国沖の鯵。江戸湾内、獲れたての平目。高野豆腐と里芋、ニンジン、シイタケ、コンニャクの煮附け。蕪と赤貝の梅酢物。葱とアサリのヌタ、山椒添え　等。

酒は、灘、『剣菱』であった。

お初に酒をすすめると、あまり飲めないのですが、と杯を手にし、左手を添えて、唇からつーっと喉越しよく乾した。

色気がある。

「大分、いける方とお見受けしたが」

「いいえ。それほど飲めませぬ。ただ、生まれ育った実家はお酒の香りがいつも漂っていましたから。慣れているのかしら」

「そんなに皆さん飲まれるのかや」

「私は、下野国今市（いまいち）の生まれで、実家は造り酒屋をやっておりました」

二人は、自らの来歴をしばらく語り合い、興味深く聴き合った。

とても初めての席とは思えない。もう、何年も前から知り合っていたかのようで、気まずいものは何もなかった。

お初はお初で、富岡八幡の祭礼の日の事が忘れられず、偶然のことで再会を果たした一九を信頼しきっていた。あの日のあの時の続きが、今日なのであった。

＊

お初は、目元の涼やかな、それは面立ちのすっきりした、色の白い美人であった。本町通りを歩くだけで、男は皆振り返ってその姿を追うであろう、美しい女である。

年齢三十四と聞き、一九は意外な気がした。落ち着いてはいるが、それほどの年には見えなかったのである。

着物は質素で、小袖は古着と見た。細く長い豊かな黒い髪を結いあげているが、髪飾りは地味であった。

立ち居振る舞いに無駄がなく、清楚で、言葉遣いも何がしか気品がある。すらりと立った後ろ姿、まばゆいばかりの襟足などは、気高い印象さえ受ける。

何でまた、江戸の町の片隅でこのような女が茶屋の女中をしているのか。どのような訳があるのか。一九が最も知りたいことであった。

お初は、下野国日光に近い今市で、代々庄屋を勤める地主の娘であった。

今市は、下野国の最高峰男体山やその北に峰をなす帝釈山などが裾野を広げた扇状地に開けた村々が集まって栄えている。日光山輪王寺、二荒山神社、初代家康を祀った東照宮の門前に控える日光のさらに裾にあたる位置で、多くが神領、八十九か村二万石余。また、宇都宮藩、武蔵岩槻藩など藩領と、幕府と旗本の合給地などが入り組んで広がっていた。

水田の耕作が可能な土地では稲作、畑地では園芸作物、牛や馬の飼育、製材、建具、麻栽培などが盛んで、杉の葉から作る線香は貴重な特産品であった。また、酒、醤油、味噌などの醸造、発酵業も町を支える重要な産業であった。

元和年間に敷かれた日光街道と、日光東照宮の毎年の例祭に朝廷の使いが通行する例幣使街道、藤原、会津方面に抜ける会津西街道の三本の街道が合流する交通の要衝で、そこに開けた定期市が後に町に発展した。

「近くに追分地蔵尊があって、子供のころよくそこで遊んだの。如来寺はうちの代々のお墓があって、境内で皆とよく遊んだけれど、そこにお師匠さんが来てね、六歳の時から手習いや算術、お裁縫を習ったりしたのよ。今、長屋で一人暮らしだけれども、子供の相手しているのも好きなので、時々近所の子たち三、四人集めて、手習いやお裁縫を教えているの」

お初は、思いの外、故郷の思い出などを気軽に次々と語ってくれた。今もこうして、初めて一九と向かい合っても、気後れもなく、澄み切った声が響いている。

「重田様はなぜ再婚されないの。お寂しいでしょう。亡くなったお民様の面影が忘れられないのですか」

ずばりと、正面からお初に問われ、一九は答えに窮した。親一人、子一人。まずは、娘の舞の祝言を上げることが何にも増して先決だ、という思いが長い間強かったのである。しかし、今改めてその理由を聞かれると、はっきりとした答えが出せない。

「ワシは、若い頃、武士を捨てて大坂で放浪生活をしながら物書きなどを始め、江戸に戻って書物問屋や有名作家の食客にもぐり込んで食いつなぐ、無頼な生活を続けてきた。筆一本で遮二無二生きてきた。そりゃ、たかが滑稽本だ。だが、ワシはワシなりに戯作家稼業に矜持を持って、剛直に生きてきたつもりだ。多くの読者が何よりの心の支えだ。ただ、ここまで来て、ワシは肝心なことでとんだ心得違いをしてきたのかなと思うことがある。ひとりでやってきたというのは驕りではないか、何もかも全てが、結局自分勝手に過ぎなかったのではないかという畏れじゃ。お民はよう娘の舞を大事にかわいがって育ててくれた。舞は優しい子だが、自分を主張できない。強く言われれば、身を引いて、心を閉ざして黙ってしまう。もしワシが若い女房を娶ったとして、新しい母親とうまくいけばいいが、必ずしも、いや、まずはうまくいかんだろうという気がして、寝静まった頃よく考えることがあった。言葉が少なくて答えにならんと。済まねえことです。もてもせず、まあ、こうしてひとりでいるのは気が楽じゃ」

一九は注がれるままに、杯を重ねた。

普段、誰にも明かさない心中の硬い扉を、お初に対しては真に素直に開くことができたのである。
「重田様は勇気を秘めたお優しいお方。富岡八幡の祭礼の日の事。夜、ひとりになって、泣いてしまいました。もう、涙は、遠の昔に枯れてしまったと思っていたのに。あの、立派な方はどなたなのかという思いが募って。材木問屋のお大尽よりも、無頼な戯作家の重田様の方がお似合い。好きです。それにつけても、殿方は、女子なしでは生きてゆけぬものと思うのですが」

お初は微笑んで、一九の杯に徳利を傾け、これもまた人の真実では、とばかり切り返した。

＊

お初の生家小関家は二百八十余町歩の田畑を持つ地主で、百三十にも及ぶ小作を抱えていた。

四千坪の屋敷地には母屋や奥の離れ、女中部屋、米蔵、土蔵、名子の小屋や馬の厩舎、野菜畑、林、そして白壁の高い塀に囲まれた酒蔵などが点在していた。代々村の年寄格の地主、酒造家で、土地の富裕な豪族、名望家としての血筋を継承してきていた家柄であった。

祖父の代から酒造に取組み、小作料収入に頼る地主経営からの脱却を図っていた。日光大谷(だいや)川の豊かな伏流水が岩盤から湧水となって浸み出している。その清冽な水を敷地の一角の井戸から汲みあげていた。

秋ともなれば、いくつもの米蔵には小作料の米が入りきれぬほどに溢れる。そして、まさに同じ時節に、毎年、越後の里から、杜氏(とじ)と組の蔵人がやってきて、籠りきりになって、酒づくりが始まる。

温度変化を嫌い、厚い壁で守られた大きな土蔵づくりの酒蔵で、見えない神と向かい合い、気の抜けない、気合いのこもった作業が続くのである。

「重田様は殊の外お酒がお好きのご様子。

ちょうど今頃の時期から仕込みが始まるの。

酒蔵は神が宿るところなので、神域として清浄を心がけることが大事で、麹黴の神の佑(たす)けを頼りに、杜氏も、蔵人も、一切ひとを寄せ付けずに、半年間潔斎して。私達女は特に立ち入れない。聖域で無事にお酒ができたときは、神様への感謝なの。蔵元、旦那衆は、それはもう杜氏達を労って。新酒だ、お祝いだ。まずは一献、てね。屋敷の門に『天乃川』って書いた半紙と、杉玉を吊って、ちょうど雪が降って、積もってくる頃。みんな真っ白。白銀のようじゃ。そりゃもう綺麗だよ。江戸の町も、私は雪が降ったときが一番好き」

故郷の光、雪を求め、見つめている少女のような瞳であった。聴いている一九の方もすっかり光景に酔ってしまって、楽しい。過ぎていく時が惜しいばかりである。

遥か幼い頃、若き日の思い出を語れる人が、目の前にいる。

お初は、一九という聞き手を信頼し、慕っていた。

「お初さんはなぜ江戸の片隅で茶屋の女中などしているのか。お見受けしたところも、お話からも、きちんとした躾を受け、教養も高く、何不自由ない生活を送られてきたご様子。まっ、ワシのような、歴とした身分、職もない者に、あえて心の傷を語らんともよいのだが」

お初は、語る相手もなく過ごしてきた日々を追憶しながら、もう全て終わったことと心の奥にしまってきたことを改めて撚り返していくことに躊躇いも感じている。しかし、聞いてくれる人、心を開いて受け止めてくれる人に出会えたことで、それだけで、胸がいっぱいになっている。

お初は、小関家の本家に長女として生まれ、足利の地主、鷹元家本家に嫁いだ。鷹元家は絹の織物業を兼営して商圏を広げ、経営基盤を強化していた。

ただ、生まれた子供は二人とも夭折し、その上に、夫紀一郎が過労で倒れ、三十二の若さで亡くなった。

分家の次男が養子に入り本家を継ぎ、守っていくことで、一族、一統の協議がなされた。子供と夫を次々に失くし、悲しみの底にあったお初は、頼るものもなく、鷹元家を去らざるをえず、間に立つものもあって武家の奥女中として奉公したのである。

器量がよく、人柄も素直で、教養豊かなお初は次第に目立つ存在になり、家中の注目が集まってしまった。末席の女中として万事控え目を心がけ、裏方で生きる心掛けで通していたが、ついには、嫉視の的になってしまったのである。

陰口や嫌味も身には応えたが、そのうちに、命の危険をも感じるようになり、間に立って骨を折ってくれた有力者には済まないとは思ったが、暇を願い出たのである。

実家の亡き父宗右衛門が、非常の時の用心にと嫁に行くときに持たせてくれたかなりの銀があり、鷹元の家も相応の銀を持たせてくれたので、不自由はないと思ったが、人知れず江戸の片隅で生きようと決意するには、相当の決心がいった。


「裏長屋でひとり蝋燭を灯して夕餉を食べて、やっと最初の一日が終わって床の中に入った時、泣いてしまいました。どうして、皆、私から離れていってしまうの。何か、私が悪いことでもしたというの。家族も、仕事も、希望も失って、ひとりになってしまって。

残る歳月、優婆夷になって亡き家族のお弔いの日々を過ごしていこうか。

ふと、隅田川の渡しの大きな柳の木の下まで来た時、この川の流れに身を投げたら、死んだ父や母、夫や子供たちにもあの世であえるのかしら、と思いながら何度も袖を濡らしました。

そんな日が続いていたとき、重田さんが『大津や』の店に現れて、私の心を救ってくれたのです。どこの、どなただろうって。あの日から、私はあのような方がこの江戸の空の下のどこかにいるのなら、心を励まして生きていくこともできるのではないかと思うようになりました」

お初は、溢れる涙を懐紙で抑えた。

「ごめんなさい。重田様には何でも話してしまう。どうかしています」

「ワシはそんなりっぱな人間でも何でもないので、偉そうなことは何も言えん。若い頃から自分の好き勝手を通してきてしまっただけで。ワシには娘の舞がおって、戯作という生涯の仕事もある。面白可笑しく仕立てただけの戯れ事とひとは言うが、世の広い読者がそれを楽しみにしていてくれる。この心境に至るまでは、道のりはやはり長かったと思う。もう、これから先、どれだけの歳月と力がワシに残されているのかはワシ自身未知数だが。お初さんは、寄る辺の無い身、ひとりぼっちだ。力になってあげたいとは思うが、今のワシにはこれと言った手立ても、何もできない。申し訳ないが。ただ、まだ若いのは何と言っても羨ましい」

「重田様に若いと褒められると本気にしてしまいます。重田様はそういうお方。心を開いて、お話できる方に出会えただけで女子は嬉しゅうございます。それ以上は望みませぬ。またお会いできるのでしょうか」

一九は年甲斐もなく、どぎまぎしたが、しばらくしたら、また、愛宕山を訪ねよう、と言うにとどめ、心の底の気持ちを抑制した。

*

あれ以来、お初のことが頭から離れなくなってしまった。気がつくと、お初の白い美しい肌、涼やかな瞳、器量の良い面立ち、すらりとした立ち姿を追っている。

そして、いつの間にか、お初の透き通った声が物語のように響いてくる。

しばらくしたら、また、愛宕山を訪ねると言ったものの、しばらくとは一体どのくらいの間隔を言うのか。

半月か、ひと月か、いや、明日にも訪ねてみたいが。

一九の心は何時になく悩ましく乱れた。


意を決して愛宕山を訪れたのは、師走も半ばを過ぎていた。ひと月半の時が流れていた。

「改めて何の話を切り出せばよいか。お初さんを少しでも幸せにできる土産や決意は何も無い」

悩みに悩んだ挙句の今日、この日であったが、まだ迷いは消えない。愛宕山が近づくにつれ、心臓が高鳴ってくる。

「やっぱりよした方が良かったか」

愛宕山の急な石段はいつのまにか難なく登っていた。お初のことで頭が一杯であった。

山上は冬木立に僅かに枯葉が残っているだけで、冷たい風が通り抜けていた。お社を詣でる人の姿もまばらで、一九はお参りもそこそこに茶屋を訪ねた。この時期、いつもの賑わいは無い。閑散とした床几だけの寂しい風景の中、お初の姿を求めたがここには見えなかった。

「そうか、何かの具合で休みを取っているのか」

と思いながら、主人らしい初老の男に、今日はお初さんはどうされているのか。知り合いの誼で訪ねてきたのだが、と尋ねると、眠そうな表情をしながら、

「あの女子は半月ほど前に急に店を辞めると言って、郷里の今市にけえった。どういう事情か分からねえが、話が急だったので、へーっと思ったが。以前店にふらりと来て、働かせてくれと言うので。ウチの看板で、よく切り回してくれた女子じゃった」

一九は、「しまった」と自らの煮え切らぬ躊躇いを悔いた。

「旦那。名前は何とおっしゃる」

「ワシは、重田貞一と申します」

「あの女子から文を預かっている。重田様という方がもし訪ねてきたら渡してほしいと言ってな」

主人は奥へ入ると、しばらくして、組紐を結んだ三寸幅の塗りの箱を両手で差し上げ持ってきて、床几の上に置いた。男には少々気恥かしいが、柿色の、いかにもお初の好みそうな見事な漆である。

一九は、その箱を、大事に膝の上に置いた。意外に重みがある。良質の漆だ。飽田の産だとの銘がある。

今はもう、力が抜け、茫然と、ただ口を噤んでいた。運ばれた茶も手をつけず、黙ったきりであった。

ここで文を広げる気力はない。余計に勘定を払い、主人に礼を言って店を出た。新橋烏森の宿屋『叶屋』に向かった。

＊

「この文が本当に、いつ、重田様の手元に届けられるのか。心細い思いが致しております……」

気品のある、きれいな、整った文である。簪が一本、煙管が一本、丁寧に懐紙に包まれ一緒に入っていた。

生家を継いだただ一人の弟が急逝し、まだ子供が出来なかったため、人伝に探し当て、江戸で一人暮らしをしていた長女のお初に、急遽実家にもどってほしいという至急の知らせが入ったのである。

婿の候補も、所帯の段取りも整っているという。

またしても、今度はひとりきりの弟も失くし、目を落として運命を呪うお初だったが、気を取り直し、先祖代々受け継がれてきた小関家の存続のため故郷へと旅立ったのである。

「重田様にもう一度お会いして、ゆっくりとお話がしてみとうございました。重田様は男気のあるお優しい方。私の命を救ってくださったあなた様に、この命をお預けしてみたいとも思いました。

でも今となってはそれも叶わぬ事。重田様との急な別れを思うと、滲んだ涙でこの文もよく書けませぬ。この文に入れた簪は、あなた様をお慕いした私の思いの印しにしていただければ嬉しゅうございます。煙管は、煙草をときどきお吸いになる重田様は、もうそのまま戯作家姿がとてもお似合いなので、私の心からの気持ちです……」

一九は、溢れる涙をじっとこらえて空を見つめている。

「はっ、はっ、はっ。一九の馬鹿野郎目が。何を血迷ったか。いい年をして。何、よかったじゃあねえか。お初さんは、故郷で名家を再興して、また新しい人生を切り拓いていける。それに、まだまだ若い。新しい婿殿との間にはお子もできるだろう。これからが幸せというもの。

そうだ、お初さんが幸せになれれば、それが一番だ」

一九の目は真っ赤であった。ごくっと酒を呷った。

＊

三日ばかりすると、一九の夢枕に観音菩薩が立った。

ここは下野国日光の湖のほとりらしい。

導かれるままに付いていくと、隅田川の渡しに出た。観音菩薩はどこかに消えてしまい、柳の木の傍にお初が優しく微笑んで立っている。神々しいばかりの美しさだ。

「お初さん。お初さん」

いくら呼ぼうにも息が詰って声がでない。

すると、お初は渡しに乗って遥か彼方に消えていった。

「夢としりせばさめざらましを」

在原業平の哀切極まる歌の調べ、せめてもの思い、これがもし夢であるとしたら、永遠に覚めないでほしいと。

一九は喉が塞がれる思いがしてはっと我に返り、夢の終わりを知った。

ふと書院の棚を見ると、柿色の文箱がなくなっていた。

おわり

『隅田川　春うらら』引用文献・参考図書

1　十返舎一九『東海道中膝栗毛』（日本古典文学大系62）麻生磯次校注　一九五八

2　山東京伝等『黄表紙洒落本集』（日本古典文学大系59）水野稔校注　一九五八

3　水野　稔『黄表紙・洒落本の世界』（岩波新書）一九七六

4　今野信雄『江戸の旅』（岩波新書）一九八六

5　西垣晴次『お伊勢まいり』（岩波新書）一九八三

6　秋山裕一『日本酒』（岩波新書）一九九四

7　中井信彦『町人』（小学館　日本の歴史21）一九七五

8　倉地克直「性の文化」（『岩波講座日本通史　第十四巻　近世四』）一九九五

9　藤田　覚「十九世紀前半の日本」（『同右　第十五巻　近世五』）一九九五

10　吉田伸之「巨大城下町　江戸」（『同右　第十五巻　近世五』）一九九五

11　藪田　貫「文字と女性」（『同右　第十五巻　近世五』）一九九五

12　青木美智男「地域文化の生成」（『同右　第十五巻　近世五』）一九九五

13　竹内　誠『江戸社会史の研究』弘文堂　二〇一〇
14　小澤弘・小林忠『熈代勝覧の日本橋』小学館　二〇〇六
15　池波正太郎『江戸古地図散歩』平凡社　一九七五
16　池波正太郎『江戸切絵図散歩』新潮社　一九八九
17　別冊歴史読本『江戸切絵図散策』新人物往来社　二〇〇二
18　朝日百科日本の歴史別冊『髪結新三の歴史世界』（歴史を読みなおす19）一九九四
19　世阿弥・元雅等『謡曲集　上』（日本古典文学大系40）一九六三
20　山崎正和「変身の美学」（『中央公論社　日本の名著10　世阿弥』）一九六九
21　本田安次『文化財講座　日本の無形文化財2　芸能』第一法規　一九七六
22　井上勝生『開国と幕末変革』（講談社　日本の歴史18）二〇〇二
23　北島正元「名君の悲劇」（『近世史の群像』）吉川弘文館　一九七七
24　新渡戸稲造『武士道』（岩波文庫）一九三八
25　長谷川時雨『旧聞日本橋』（岩波文庫）一九八三
26　森　鷗外『高瀬舟』（鷗外全集　第十六巻）岩波書店　一九八八
27　森　鷗外『山椒大夫』（鷗外全集　第十五巻）岩波書店　一九八八

28 森　鷗外『阿部一族』（鷗外全集　第十一巻）岩波書店　一九八七
29 永井荷風『すみだ川』（河出書房新社　日本文学全集）一九七〇
30 永井荷風『濹東綺譚』（河出書房新社　日本文学全集）一九七〇
31 宮尾登美子『蔵（上・下）』毎日新聞社　一九九三
32 竹田真砂子『あとより恋の責めくれば』集英社　二〇一〇
33 『国史大辞典』吉川弘文館　一九八五
34 『角川日本地名大辞典　栃木県』角川書店　一九七八
35 稲垣史生『時代考証事典』新人物往来社　一九七一

その他

あとがき

大人のための童話。お味は如何でしたでしょうか。

今、私は、十返舎一九のパロディを書き終えて、本になるのを楽しみにしながら、ほっと一息ついているところです。それとともに、長い間親しみ、付き合ってきた一九との別れを惜しむ一抹の寂しさが心の片隅にあります。ようやく、一九の持つ人間味が少し分かりかけてきたかなというところですが、ペンを擱くことにしました。

十返舎一九に心を惹かれたのは、二十五年前。高校日本史の授業での活用を意図した歴史上の人物の肖像画集の出版企画があり、解説の原稿執筆を依頼された折のことでした。勉強の機会を与えていただき、限られた原稿枚数にまとめはしたものの、隔靴掻痒、力量不足、本質に迫れたかどうかしっくりこない。それまで、屈託のない愉快な戯作家を漠然と頭に描いていたのですが、何だろう、ありがちな人間の裏表というにはあまりにも悲しげで淋しげな苦渋に満ちたこの表情は。酒浸りの滑稽本作家、意外に几帳面な締まり屋さん、気難しげな孤独な中年男。調べれば調べるほどわからなくなる隠れた人間性。

その後、気にはなっていたものの、日々の生活に追われて納得がいく探究ができないままになっていました。

東日本大震災の直後、思わぬことでまとまった長期の閑暇を手にしました。人生の終盤をどのように迎えるか。いくつか考えていた計画の中で、長年の宿題であった一九の人物像を練り上げることを思いつきました。事実の探究もさることながら私の妄想は広がり、文化・文政期の江戸を舞台に作り話の中で夢を追うことを試みました。

書き終えた今になってみて、私が描いた一九は、結局自らの心性の投影であったのだとの思いを新たにしています。

読者の皆様には、最後までお付き合いいただきありがとうございました。名作、古典、研究成果からの引用や脚色、受け売りの多用。筋書があまりに定型化していて退屈。何が言いたいのか。自己満足しているだけで物足りないなど、声が聞こえてきそうです。残された時間もそう多くはないのですが、これを糧に、錆びついた頭、干からびた心、老体に鞭打って次作に取り組んでみたいと思っています。

出版に至るまで、創英社編集一部の高橋淳氏ほか皆様に励まされ、忍耐強く面倒をみていただきました。多くの方々のお力添えがあって、ようやく長年の宿題を果たせたと感謝しています。

ありがとうございました。

二〇一八年十月一日

高遠　邦彦

著者紹介

高遠 邦彦（たかとう くにひこ）

1951年7月、栃木県鹿沼市で出生。

私立中学校・高等学校教員、公立高等学校教員を経て、日本列島各地の自然、生活文化、歴史を描く執筆活動に入る。現在はエンターテインメント・想像の世界にも視野を広げ、新たな分野の創作活動に取り組んでいる。

東京都大田区在住。

隅田川　春うらら

2018年12月20日　初版発行

著者　高遠　邦彦

発行・発売
創英社／三省堂書店

〒101-0051　東京都千代田区神田神保町1-1
Tel：03-3291-2295　Fax：03-3292-7687

印刷／製本　(株)新後閑

ISBN：978-4-86659-055-4　C0093
落丁、乱丁本はお取替えいたします。